Petits Classiques Larousse

Agrégé des Lettres

Fabliaux
du Moyen Âge

Édition présentée,
annotée et commentée
par Thierry REVOL,
agrégé de lettres modernes,
docteur ès lettres

Traduction de Thierry REVOL

© Éditions Larousse 2009
ISBN : 978-2-03-589303-1

SOMMAIRE

Avant d'aborder l'œuvre

- 6 Fiche d'identité des auteurs
- 7 Pour ou contre les *Fabliaux* du Moyen Âge ?
- 8 Repères chronologiques
- 10 Fiche d'identité de l'œuvre
- 11 Pour ou contre les personnages des *Fabliaux* ?
- 12 Pour mieux lire l'œuvre

Fabliaux du Moyen Âge

- 20 La Dame qui fit trois fois le tour de l'église (Rutebeuf)
- 26 Le Testament de l'âne (Rutebeuf)
- 32 Barat et Haimet (Jean Bodel)
- 44 Brunain, la vache du prêtre (Jean Bodel)
- 48 Estourmi (Huon Piaucele)
- 61 Estula (anonyme)
- 66 Le Paysan devenu médecin (anonyme)
- 76 Les Trois Aveugles de Compiègne (Courtebarbe)
- 85 Le Paysan qui conquit le paradis en plaidant (anonyme)
- 91 Le Boucher d'Abbeville (Eustache d'Amiens)

105 Avez-vous bien lu ?

Pour approfondir

- 116 Thèmes et prolongements
- 126 Textes et images
- 146 Langue et langages
- 154 Outils de lecture
- 156 Bibliographie et filmographie

AVANT D'ABORDER L'ŒUVRE

Fiche d'identité des auteurs

Noms : Rutebeuf, Jean Bodel, Huon Piaucele, Courtebarbe, Eustache d'Amiens et d'autres qui restent anonymes.

Naissances : au XIIe et, surtout, au XIIIe siècle.

Études : dans les écoles et, peut-être, à la faculté des arts, car ces auteurs connaissent le latin et ils manient parfaitement la composition versifiée.

Professions : clercs, ce qui signifie que les auteurs ont fait des études, sans qu'on puisse connaître leurs spécialités. Certains, comme Rutebeuf ou Jean Bodel, sont célèbres et se présentent comme des jongleurs ou des trouvères, donc des poètes de métier.

Domiciles : pour les poètes anonymes, on ne peut le déduire que par la langue dans laquelle les fabliaux sont composés. Il s'agit généralement d'un français parlé dans le nord de la France, en Picardie (comme Huon Piaucele ou peut-être Courtebarbe) ou en Île-de-France. Cette déduction est confirmée par ce que nous connaissons de certains auteurs : Eustache d'Amiens porte son origine dans son nom ; Jean Bodel habitait et travaillait à Arras à la fin du XIIe siècle ; Rutebeuf, peut-être Champenois, a fait carrière à Paris.

Carrières : concernant les auteurs anonymes, comme on peut penser qu'ils étaient clercs, c'est-à-dire fonctionnaires au service d'une institution, l'écriture littéraire n'étant pas leur occupation principale, ils n'ont pas laissé d'autre trace que leur fabliau. Pour les autres, Rutebeuf et Jean Bodel essentiellement, ils étaient poètes de métier, trouvères ou jongleurs, selon leurs propres termes et le vocabulaire habituel au Moyen Âge. Si c'était leur profession principale, ils devaient se mettre au service de seigneurs qui les protégeaient et leur permettaient de vivre ; mais Rutebeuf se plaint souvent de sa pauvreté.

Autres renseignements personnels : Rutebeuf était un remarquable polémiste qui prit part aux luttes politiques et universitaires contre les ordres religieux à Paris. Comme Jean Bodel, c'est un auteur prolifique : tous deux ont écrit des pièces de théâtre, des poèmes et toutes sortes de textes en plus de ces fabliaux.

Morts : Jean Bodel a passé la fin de sa vie dans une léproserie. Pour les autres, y compris Rutebeuf, on ne sait ni comment ni quand ils sont morts.

Pour ou contre les Fabliaux du Moyen Âge ?

Pour

Robert GUIETTE :
« Les conteurs de fabliaux "ont le mépris de la femme. On peut la battre, la bâtonner, la tirer par ses longues tresses de cheveux, lui faire mille avanies sans que nul ne songe à protester ! Mais elle a sa revanche prête". »
Fabliaux et contes, Le Club du meilleur livre, 1960.

Rosanna BRUSEGAN :
« Jongleurs et clercs meurent d'envie de donner libre cours à leur imagination, d'entrer dans l'espace du jeu et de la fiction, mais cette liberté créatrice ne peut s'exprimer qu'en faisant un compromis avec l'autorité morale. »
Fabliaux, Paris, 10-18, 1994.

Jean DUFOURNET :
« L'image du fabliau est foisonnement, diversité, mutation et métamorphose, plaisir dans la profusion des textes et l'efflorescence de l'imagination. »
Fabliaux du Moyen Âge, Paris, GF, 1998.

Contre

Catulle MENDÈS :
« Le fabliau, c'est de la bassesse qui rit et de la laideur qui grimace... C'est l'esprit à quatre pattes avec le groin dans l'auge. »
Rapport sur le mouvement poétique français, 1903.

Jean RYCHNER :
« Barat règne en maître sur un monde dépourvu d'idéal. »
Dictionnaire des lettres françaises – Le Moyen Âge, Paris, La Pochothèque, 1992.

Avant d'aborder l'œuvre

Repères chronologiques

Œuvres littéraires médiévales

1200
Robert de Boron, *Joseph et Merlin* en prose.
Chansons de geste.
Jean Bodel, *Jeu de saint Nicolas*.

1205
Bible de Guiot de Provins.
Poèmes de Peire Cardenal.

1213
Villehardorin et Robert Clari, *Chroniques*.

1220
Gautier de Coincy, *Miracles de Notre-Dame*.

1224
***Lancelot* en prose, Perlesvaus (romans).**

1226
François d'Assise, *Cantique du soleil*.
Vie de Guillaume le Maréchal.

1229
Guillaume de Lorris, *Roman de la Rose* (1ʳᵉ partie).

1231
Romans :
Quête du Saint-Graal.
La Mort du roi Arthur.
Tristan en prose.
Gerbert de Montreuil, *Continuation Perceval*.

1230 et 1240
Philippe de Remy, *La Manekine, Jehan et Blonde*.

1250
Colin Muset, *Chansons*.
Vincent de Beauvais, *Speculum majus* (encyclopédie).

Événements historiques, politiques, culturels et artistiques

1202
Quatrième croisade.

1204
Prise de Constantinople par les croisés.
Mort d'Aliénor d'Aquitaine.

1207
Mission de saint Dominique contre les albigeois.

1209
Concile d'Avignon : interdiction des danses et jeux dans les églises.

1212
Enceinte de Philippe Auguste autour de Paris.

1214
Victoire de Bouvines.

1215
Statuts de l'université de Paris.
Concile Latran IV.

1218-1222
Cinquième croisade.

1223
Louis VIII, roi de France.
Approbation de la règle de l'ordre franciscain par Honorius III.

1226
Louis IX, roi de France.

1228
Sixième croisade.

1229-1231
Grèves universitaires à Paris.

1248
Septième croisade ; Saint Louis en Égypte ; prise de Séville.

Repères chronologiques

Œuvres littéraires médiévales

1254
Rutebeuf, *Discorde de l'Université et des Jacobins*.

1255
Jacques de Voragine, *La Légende dorée*.

1266
Rutebeuf, *Complainte de Constantinople*, *Frère Denise* (fabliau), *Miracle de Théophile* et autres œuvres.
Robert de Blois, *L'Enseignement des princes*.

1264
Brunetto Latini, *Le Livre du trésor*.

1266-1274
Thomas d'Aquin, *Somme théologique*.

1272
Baude Fastoul, *Les Congés*.
Robert le Clerc, *Les Vers de la mort*.

1274
Grandes Chroniques de Saint-Denis.

1275
Jean de Meung, *Roman de la Rose* (2ᵉ partie).

1276
Adam de la Halle, *Le Jeu de la feuillée*.

1280
Diffusion des *Carmina Burana*.

1300
Passion du Palatinus (théâtre).

Événements historiques, politiques, culturels et artistiques

1252
Innocent IV autorise la torture dans le cadre de l'Inquisition.
Enseignement de saint Thomas d'Aquin à Paris.

1254
Emploi des chiffres arabes et du zéro en Italie.

1257
Fondation de la Sorbonne.

1261
Fin de l'Empire latin de Constantinople.

1268
Charles d'Anjou conquiert le royaume de Sicile.
Premiers moulins à papier à Fabriano (Italie).

1270
Philippe III, roi de France.

1271
Rattachement de la France d'oc à la France d'oïl.

1271-1295
Grands voyages de Marco Polo en Orient.

1285
Philippe IV le Bel devient roi.

1294
Élection du pape Boniface VIII.

Fin du XIIIᵉ siècle
Peintures de Giotto à Assise.
Marco Polo, *Le Livre des merveilles*.

Fiche d'identité de l'œuvre

Fabliaux du Moyen Âge

Auteurs :
Rutebeuf, Eustache d'Amiens, Jean Bodel et d'autres, anonymes.

Genre :
fabliaux.

Forme :
récits versifiés en vers de huit syllabes.

Structure :
simplifiée, avec une histoire racontée de manière linéaire ; les dialogues sont fréquents.

Personnages : un nombre réduit dans chacun de ces brefs récits.

Personnages principaux : il y a toujours un personnage plus malin que les autres, prêt à tirer son épingle du jeu en trompant ou simplement en s'amusant aux dépens de ceux qui l'entourent. Il s'agit généralement d'un personnage isolé qui a priori devrait être inférieur : une femme, un prêtre, un marchand, un voleur, un pauvre, un paysan…

Autres personnages : ils servent de faire-valoir au personnage principal, jouant le rôle de trompeur trompé, de riche un peu bête, de faux malin…

Lieu et durée de l'action : les événements se déroulent généralement en quelques heures, dans un lieu unique. Les maisons de paysan sont bien représentées, mais aussi les églises, les auberges, ou même le paradis.

Sujets : après la mise en place du décor et des protagonistes, un problème se pose et, si les choses suivaient leur cours normal, cela devrait mal se terminer pour le personnage le moins à l'aise socialement. Pourtant ce personnage décide de réagir et de prendre son destin en main. Quelquefois, c'est le hasard seul qui rétablit une forme de justice. Éventuellement, des péripéties peuvent retarder la réparation ou la compliquer. Enfin, le fabliau se conclut par une petite leçon morale, qui prend souvent la forme d'un proverbe résumant toute l'histoire et lui donnant un sens accessible au lecteur.

Pour ou contre les personnages des Fabliaux ?

Pour

MOLIÈRE :
« Pour qui me prenez-vous ? – Pour ce que vous êtes, pour un grand médecin. – Médecin vous-même : je ne le suis point, et je ne l'ai jamais été. »
Le Médecin malgré lui, 1666.

Howard BLOCH :
« [Les personnages de fabliaux] forment pratiquement un catalogue non seulement des arts et métiers de la France médiévale, mais aussi des couches de la société : ecclésiastiques et laïcs, paysans et citadins, nobles, bourgeois et vilains. »
« Postface » aux *Fabliaux érotiques*, Paris, Le Livre de poche, 1992.

Contre

Danièle ALEXANDRE-BIDON et Marie-Thérèse LORCIN :
« La crudité du vocabulaire, la crudité de certaines scènes ont fait condamner le corpus en bloc en des périodes plus prudes que la nôtre. »
Le Quotidien au temps des fabliaux, Paris, Picard, 2003.

Michel STANESCO :
« L'intrigue se réduit à une anecdote linéaire et à des personnages fortement stéréotypés : la femme rusée, le mari niais, le prêtre luxurieux, le clerc-escolier astucieux, la prostituée rouée. »
Lire le Moyen Âge, Paris, Dunod, 1998.

Avant d'aborder l'œuvre

Pour mieux lire l'œuvre

❖ Au temps des fabliaux

Une rupture historique et sociale

Vers 1200 intervient une sorte de rupture ou, en tout cas, une accélération de l'évolution historique. Ce changement peut se résumer à quatre grands phénomènes.

Il s'agit d'abord de l'affermissement du pouvoir royal. On donne à Philippe II (1180-1223) le même surnom que les empereurs romains, Philippe Auguste, parce qu'il réussit à consolider les frontières du royaume, en particulier face à l'Angleterre et à la confédération germanique ; il gagne contre l'empereur Othon IV la célèbre bataille de Bouvines (1214). Mais le XIIIe siècle est surtout le siècle de Louis IX (1226-1270), Saint Louis, dont on retient la stature politique, le prestige et l'habileté. C'est le roi chrétien par excellence ; sa canonisation (Louis devient « saint Louis ») marque une sorte d'apogée du christianisme royal.

Le deuxième fait marquant est la croissance du pouvoir de la bourgeoisie et des villes. Le XIIIe siècle voit la construction des immenses sanctuaires édifiés, certes, à la louange de Dieu, mais avec le soutien financier (donc politique) de la bourgeoisie urbaine, grâce à l'argent des banquiers et des municipalités, comme marque de leur puissance et de leur crédit. L'aristocratie est loin d'être évincée, mais elle est en partie occupée et réduite par les croisades, qui ne s'achèveront qu'à la fin du XIIIe siècle.

Le troisième élément est la mise en place de nouveaux réseaux d'évangélisation, grâce à la naissance et au développement rapide d'ordres monastiques innovants, les ordres mendiants, formés de prêcheurs qui vivent dans le siècle en militants de la foi : les plus connus sont celui des Dominicains (ou Jacobins), fondé par saint Dominique, et celui des Franciscains (ou Cordeliers), fondé par saint François. Au début au moins, leurs membres apparaissent comme beaucoup moins pervertis que ceux du clergé séculier dont les fabliaux se moquent volontiers.

Pour mieux lire l'œuvre

Enfin, la quatrième donnée à prendre en compte est celle de l'exceptionnelle richesse littéraire, avec une création renouvelée et subtile dont le *Roman de la Rose*, par exemple, est un éminent représentant. D'une part, les chevaliers et autres personnages arthuriens, apparus au XIIe siècle, laissent place à de nouveaux personnages, plus abstraits : ce sont les allégories, personnifications narratives d'idées abstraites, de sentiments, d'institutions, comme Amour, Hypocrisie ou la Rose elle-même, qui symbolise la femme aimée. L'allégorie fonctionne comme un outil intellectuel, une habitude littéraire et culturelle, un élément constitutif des structures mentales du Moyen Âge, en même temps que comme un outil poétique élaboré.

Ainsi, dans le *Roman de Renart* (XIIe-XIIIe siècles), les animaux servent de prétexte à des luttes idéologiques et sociales ; ce renard est une animalisation satirique qui dénonce dans l'humain l'instinct prédateur, la ruse, la violence érotique, la haine de l'autre ou encore l'appétit de domination et de meurtre. Cette animalisation de l'humain permet une dénonciation audacieuse des vices, en même temps qu'elle provoque le plaisir du lecteur. D'autre part, des personnages plus quotidiens apparaissent aussi, dans les fabliaux ou au théâtre : des marchands, des paysans, tout un peuple d'hommes et de femmes décrits dans un environnement très proche de celui des lecteurs ou des spectateurs, et dans lesquels ces derniers peuvent se reconnaître facilement.

Les villes médiévales

Les XIIe et XIIIe siècles constituent une période d'essor économique pour les villes : on assiste à des constructions nouvelles, à la densification et au développement de certains quartiers, à l'extension des enceintes urbaines. De nouveaux métiers surgissent, souvent lucratifs, avec des artisans et des marchands qui se regroupent en confréries.

Dans les villes du Nord en particulier, en Picardie et dans la région d'Arras, la draperie apparaît comme l'« activité de pointe du monde

Pour mieux lire l'œuvre

occidental, pourvoyeuse de profits, de prestige et de travail » (Georges Duby, *Histoire de la France*, 1970, t. 1, p. 330). Autour de l'activité textile proprement dite, des professions marchandes, des manufactures précapitalistes et bancaires se concentrent dans les villes du Nord, d'Artois ou des Flandres. Dans ces villes, les richesses donnent le pouvoir : de grandes familles fortunées et puissantes parviennent à confisquer le pouvoir féodal (celui de l'aristocratie ou de la noblesse) et le pouvoir ecclésial à leur profit. Elles imposent aussi leur volonté à la classe moyenne (à laquelle Jean Bodel appartient, par exemple) et au peuple, ouvriers des manufactures qui travaillent durement. De nombreuses émeutes sont réprimées par les milices urbaines.

Mais les villes grandissent aussi en attirant des ressources et des hommes de la campagne environnante, ces paysans dont les fabliaux se moquent volontiers.

Enfin, ces villes favorisent l'essor intellectuel et artistique. C'est ainsi que naissent, à Paris, l'Université et la pensée scolastique (au fonctionnement très différent des petits centres urbains et des écoles cathédrales du XIIe siècle). À Arras, l'une des villes les plus importantes et prospères du XIIIe siècle (elle compte peut-être 20 000 habitants), le *puy* accueille les amateurs de poésie courtoise, où l'assemblée propose des concours littéraires, écoute et couronne les compositions ; la *carité*, confrérie de jongleurs et de bourgeois à laquelle Jean Bodel appartient, propose, pendant sa grande fête annuelle, chansons et dits satiriques, pièces de théâtre et, sans doute, fabliaux. Il s'agit bien là d'une nouveauté spécifiquement urbaine dans la création littéraire, avec un souci d'actualité et de réalisme critique. Les nouveaux genres imposent des représentations moqueuses de la société contemporaine, qui relèvent de l'esprit bourgeois des villes.

Cela dit, la richesse n'est pas pour tout le monde. Les auteurs témoignent aussi de grandes inégalités sociales. Rutebeuf, Parisien, se plaint fréquemment de sa pauvreté, des morsures du froid et de

Pour mieux lire l'œuvre

la faim. Lui comme d'autres dénoncent l'hypocrisie d'une société où les riches, y compris dans le clergé, oublient facilement ceux qui travaillent parfois beaucoup et s'en sortent mal.
Les fabliaux rendent compte de ces inégalités et proposent bien souvent des récits où les personnages habituellement rabaissés trouvent une sorte de revanche.

> ### *L'essentiel*
> Les fabliaux apparaissent dans un contexte de relative prospérité économique et d'apaisement politique. Ils naissent dans un milieu urbain souvent riche, mais dans lequel les inégalités demeurent importantes. Les personnages qu'ils mettent en scène ont des caractéristiques proches des contemporains à qui ils s'adressent, dans des récits qui réhabilitent les moins favorisés d'entre eux.

✤ L'œuvre aujourd'hui

Les fabliaux sont de « petites fables », des histoires sans importance. Quoique leur fin comportât presque toujours une petite morale à l'intention un peu narquoise, ils étaient faits pour être récités plutôt que lus, dans l'unique but de distraire, et non d'édifier. C'est la raison pour laquelle ils ont été appréciés tout au long des siècles, et jusqu'à aujourd'hui ; de nombreux auteurs ont puisé dans ces récits une inspiration qui aurait pu leur manquer.

Les reprises

Les reprises sont nombreuses. Avec *Le Médecin malgré lui*, pièce en prose de 1666, Molière propose une réécriture célèbre du *Vilain mire* ou plutôt de l'anonyme *Paysan devenu médecin*. La farce a eu beaucoup de succès, bien plus que *Le Misanthrope*, joué la même année et pourtant soigneusement versifié ; c'est même la pièce de Molière

Pour mieux lire l'œuvre

qui a connu le plus de représentations de son vivant. Ce n'est pas la seule farce dont Molière emprunte le sujet à un fabliau du Moyen Âge (voir *Le Médecin volant*, et d'autres imitations plus limitées dans l'une ou l'autre scène de son théâtre). Dès la fin du Moyen Âge, il est d'ailleurs fréquent que les fabliaux, dont les parties dialoguées sont importantes, soient repris dans des farces. Mais il s'agit là de réécritures pour le théâtre de textes qui relèvent du récit.

D'autres auteurs s'en sont tenus au genre narratif et, dans ce cas, l'élargissement du noyau primitif aboutit à une nouvelle. C'est ainsi que les fabliaux ont influencé les récits d'auteurs italiens comme Boccace, Sacchetti, l'Arioste ; en France, il faut citer, pour le XVIe siècle, les nouvelles de *L'Heptaméron* de Marguerite de Navarre, celles des *Nouvelles Récréations et joyeux devis* de Bonaventure Des Périers, ou encore des passages de l'œuvre de Rabelais. Plus tard encore, les fabliaux inspirent certaines fables de La Fontaine au XVIIe siècle, ou des contes de Voltaire au XVIIIe siècle. Tous ces auteurs retiennent des fabliaux la rapidité et l'efficacité de la narration, la truculence des personnages et, surtout, les différentes formes du comique, de la trivialité la plus grossière à la parodie la plus subtile. La morale étant la moindre des préoccupations, le plaisir du récit et l'absence de punition font les délices des lecteurs. Enfin, la capacité d'invention des conteurs séduit et nourrit l'imagination des imitateurs.

Les études historiques

Les fabliaux permettent de faire de nombreuses études sur les mœurs du Moyen Âge. Ces petits récits fourmillent de détails pittoresques et réalistes, parce qu'ils traitent souvent de questions d'actualité et qu'ils montrent les personnages dans leur milieu. Il existe d'ailleurs toute une palette de ces personnages qui rendent compte à la fois de la variété des conditions sociales et des relations qui existent entre elles : couples hommes et femmes, seigneurs et paysans, clercs et laïcs, serfs et chevaliers, riches et pauvres... Les fabliaux jouent sur les contrastes entre ces catégories, ce qui crée

Pour mieux lire l'œuvre

toute sorte de conflits. Ces petits textes apparaissent comme une espèce de miroir de leur temps, donnant des renseignements sur la vie quotidienne, sur l'environnement matériel, sur les coutumes et les usages. Quoiqu'ils demeurent des œuvres littéraires, ils constituent donc une source documentaire importante pour les archéologues et les historiens qui s'intéressent aux *realia*, c'est-à-dire aux éléments matériels propres à une époque et à un milieu. Enfin, les fabliaux offrent un aperçu des croyances et des idées du temps, notamment à travers les nombreux proverbes que les personnages prononcent, ou grâce aux sentences morales qui apparaissent au début ou à la fin des récits.

Il nous reste à peu près 150 fabliaux aujourd'hui (sur un millier), et ils sont encore souvent édités ; la traduction ne permet plus de voir qu'ils sont écrits en vers de huit syllabes, aux rimes plates. Mais il arrive qu'ils soient repris par des troupes de comédiens amateurs grâce au petit nombre de leurs personnages et à la simplicité de leur mise en scène. Ils plaisent aux élèves pour la verve de leurs personnages et l'efficacité de leurs développements narratifs.

> ### ❧ *L'essentiel*
> Les fabliaux du Moyen Âge ont connu un immense succès jusqu'à nos jours, grâce à la légèreté et au comique de leurs récits.
> Ils ont laissé des traces dans la création littéraire française et étrangère en inspirant de nombreux auteurs ; certains dramaturges comme Molière en font des reprises presque littérales. De plus, le contenu réaliste des fabliaux est un témoignage de la vie au Moyen Âge.

Enluminures d'un recueil d'anciennes poésies françaises :
Li Congié de Jehan Bodel (1280-1290).

Fabliaux
du Moyen Âge

Fabliaux des XIIe et XIIIe siècles

Fabliaux du Moyen Âge

La Dame qui fit trois fois le tour de l'église (Rutebeuf)

À CELUI qui voudrait tromper une femme, je vais clairement montrer maintenant qu'il tromperait plus facilement l'Ennemi, le diable, en combat violent. Celui qui veut dominer une femme, il peut la battre chaque jour, le lendemain, elle reparaît guérie, prête à subir la même peine. Mais quand une femme a pour mari un homme doux et idiot, et qu'elle a quelque problème avec lui, elle lui raconte tant de mensonges, de blagues et de fadaises que, par force, elle lui laisse entendre que les cieux se changeront en cendres le lendemain. C'est ainsi qu'elle gagne sa dispute[1].

Je dis cela à cause d'une jeune dame qui était la femme d'un écuyer originaire de Chartres ou du Berry[2]. Cette jeune dame, c'est la vérité, était l'amie d'un prêtre[3] : celui-ci l'aimait beaucoup et elle aussi l'aimait, et elle n'aurait cessé pour rien au monde d'agir selon son bon vouloir, même si un cœur avait dû en souffrir.

Un jour, le prêtre avait terminé son service et sortait de l'église ; sans ranger les vêtements du culte, il se rendit chez la dame, la priant de venir ce même soir dans un petit bois : il voulait lui parler d'une certaine tâche, au sujet de laquelle je crois que je m'honorerais peu en vous la nommant. La dame répondit au prêtre :

« Seigneur, me voici toute prête. En effet, le moment est particulièrement bien choisi : l'autre[4] n'est pas à la maison. »

Or, dans cette histoire, sans aucune erreur de ma part, les deux maisons n'étaient pas éloignées l'une de l'autre de quatre pas ; au contraire, elles étaient séparées du tiers d'une lieue française[5], ce qui leur était bien pénible. Et chacune était dans un lieu couvert

---

1. **C'est ainsi qu'elle gagne sa dispute** : c'est ainsi qu'elle l'emporte.
2. **Le Berry** : ancienne province française, au centre de la France et au nord du Massif central.
3. **Amie d'un prêtre** : il était très fréquent que les prêtres vivent en concubinage, mais tromper un mari était fortement réprouvé.
4. **L'autre** : le mari.
5. **Lieue française** : environ 4 kilomètres.

La Dame qui fit trois fois le tour de l'église

de ronces, comme les maisons du Gâtinais[1]. Mais le petit bois que je vous décris appartenait à cet homme de grande valeur, le mari, qui devait un cierge[2] à saint Ernoul[3].

Le soir, alors que, ce me semble, déjà de nombreuses étoiles brillaient, ornant le ciel, le prêtre sortit discrètement de chez lui et alla s'asseoir dans le petit bois, de telle sorte qu'on ne pût pas le voir. Mais voilà le malheur qui arriva à la dame : le seigneur Ernoul, son mari, rentra tout mouillé et gelé de je ne sais quel lieu où il s'était rendu ; c'est pourquoi il fallait qu'elle restât chez elle. Elle se souvint de son prêtre : elle se hâta donc de tout préparer, se gardant de vouloir faire veiller son mari. Il n'y eut donc pas trois ou quatre plats au dîner. Et après manger, je peux bien vous le dire, elle le laissa se reprendre bien peu de temps. Elle lui dit et redit :

« Très cher seigneur, vous feriez bien d'aller vous coucher. La veille cause à un homme plus de tort que quoi que ce soit d'autre quand il est fatigué ; or aujourd'hui vous avez beaucoup chevauché. »

Elle le poussa tant à aller se coucher que, pour un peu, il aurait encore eu à manger dans la bouche quand il y alla, tant elle éprouvait un grand désir de s'échapper. Le bon écuyer[4] se retira donc, et il appela sa dame, parce qu'il l'appréciait et l'aimait beaucoup.

« Seigneur, répondit-elle, il me faut du fil de trame[5] pour une toile que je fabrique : il m'en manque encore beaucoup, et je ne saurais ne pas m'en soucier. Pourtant, je n'en trouve pas qui soit à vendre : par Dieu, je ne sais que faire à ce sujet.

– Qu'il aille au diable le filage dont vous me parlez ! dit l'écuyer. Par la foi que je dois à l'apôtre saint Paul[6], je voudrais qu'il soit dans la Seine. »

---

1. **Gâtinais :** région à l'ouest de la Beauce, donc au sud-est du Bassin parisien. Cette mention donne une indication sur le lieu de création du fabliau.
2. **Devait un cierge :** devait une grande reconnaissance.
3. **Saint Ernoul :** le patron des maris trompés.
4. **Écuyer :** chevalier de petite noblesse. Mot employé ironiquement ici.
5. **Fil de trame :** quand on tisse une toile, on croise les fils de chaîne (en longueur) et les fils de trame (en largeur), avec lesquels on peut faire des motifs.
6. **Saint Paul :** l'un des plus grands saints de l'Église primitive, auteur de livres du Nouveau Testament.

Fabliaux du Moyen Âge

Alors il se coucha, et se signa. De son côté, la femme sortit de la chambre : ses jambes ne se reposèrent pas beaucoup avant d'arriver où le prêtre l'attendait. Ils tendirent les bras l'un vers l'autre et là, ils prirent beaucoup de plaisir, jusqu'à ce qu'il fût près de minuit. Le mari s'éveilla de son premier sommeil, et il fut très étonné de ne pas sentir sa femme auprès de lui :

« Chambrière[1], où est votre dame ?

— Elle est là-bas, à la ville, chez sa commère[2], chez qui elle file. »

Quand le mari entendit qu'elle était là-bas dehors, c'est bien vrai qu'il fit la grimace ; il revêtit son surcot[3], se leva et alla chercher sa femme. Il la demanda chez sa commère, mais il ne trouva personne pour répondre à ses questions, parce qu'elle n'était pas venue là. Et le voilà donc dans une excitation frénétique[4] : il allait et venait devant ceux qui se cachaient sans bouger dans le bois. Et quand il les eut bien dépassés, la femme dit :

« Seigneur, il est maintenant bien tard, et il faut que je m'en aille.

— Vous allez donc être bien disputée, répondit le prêtre. Cela me tue que vous soyez beaucoup battue.

— Ne vous inquiétez pas à mon sujet, maître prêtre, mais occupez-vous de vous-même, répliqua la jeune dame en riant. »

Que pourrais-je vous inventer d'autres ? Chacun retourna chez soi. Celui qui s'était couché ne put pas se taire : « Femme, sale et vile courtisane[5], soyez donc malvenue[6], lui dit l'écuyer. D'où venez-vous ? Il est clair que vous me prenez pour un idiot. »

La femme restait muette, et l'autre perdit son calme :

« Je vois, par le sang de Dieu, par son foie, par ses entrailles et par sa tête, qu'elle revient de voir notre prêtre ! »

Il disait vrai, mais il ne le savait pas.

---

1. **Chambrière** : servante attachée à la dame et qui la sert de manière intime (dans sa chambre).
2. **Commère** : selon la tradition, la mère du fils dont la dame est la marraine ; cette coutume crée des liens de proximité quasi familiaux.
3. **Surcot** : vêtement de dessus ressemblant à une blouse ou à une tunique longue.
4. **Frénétique** : folle, délirante (terme médical).
5. **Courtisane** : prostituée ; la société médiévale est très misogyne.
6. **Malvenue** : jeu de mots sur l'expression « bienvenue » ; le mari n'accueille donc pas sa femme chaleureusement.

La Dame qui fit trois fois le tour de l'église

La femme se taisait, ne prononçant pas un mot. Quand l'autre se rendit compte qu'elle ne se défendait pas, il faillit presque éclater ; en effet, il crut bien avoir dit, par hasard, la stricte vérité. La colère le poussait et le provoquait ; il la saisit par les tresses, et tira son couteau pour les lui trancher.

« Seigneur, dit-elle, pour l'amour de Dieu, il faut donc que je vous fasse un aveu. Vous allez maintenant entendre une bien grande tromperie, et j'aimerais mieux être dans ma tombe… La vérité, c'est que je suis enceinte de vous, et on m'a indiqué que je devais faire le tour de l'église, sans parler et par trois fois, et dire trois « Notre Père »[1] en l'honneur de Dieu et de ses apôtres. On m'a dit aussi de faire un trou avec mon talon et d'y revenir trois jours de suite ; si le troisième jour je le trouvais encore ouvert, c'est que j'allais avoir un fils, mais s'il était bouché, ce serait une fille. J'estime maintenant que tout ce que j'ai fait ne sert vraiment à rien, dit la dame ; mais, par saint Jacques, je le referais, quand bien même vous devriez me tuer pour cela. »

Alors le mari changea complètement de direction et il parla d'une tout autre manière à sa femme :

« Ma dame, moi, que savais-je de ces déplacements et du chemin que vous avez suivi ? Si j'avais su cela, tout ce pour quoi je viens de vous faire des reproches et de vous gronder, je n'en aurais pas dit un mot, même si j'étais sorti ce même soir. »

Ils se turent alors et firent la paix. Celui-là ne devait plus discuter de cela ; et, au sujet de tout ce que sa femme pourrait faire, elle n'entendit plus de dispute ou de menace.

Rutebeuf l'affirme, avec ce fabliau : Quand une dame a un idiot pour mari, elle agit selon son caprice.

Explicit[2] le fabliau *La Dame qui fit trois fois le tour de l'église.*

---

1. **Notre Père :** prière traditionnelle chrétienne tirée des paroles mêmes de Jésus, d'après l'Évangile.
2. ***Explicit :*** mot latin qui signifie « Ici se termine ce récit ». Il est utilisé pour marquer la fin d'un texte sur un manuscrit.

Clefs d'analyse

La Dame qui fit trois fois le tour de l'église (Rutebeuf)

Action et personnages

1. Quels éléments du récit ancrent la narration dans un temps et un lieu précis ? Relevez les informations qui concernent le paysage.
2. En combien de temps se déroule l'histoire ? Les différentes étapes du récit sont-elles bien marquées ? Comment ? Relevez les moments d'accélération et les moments plus calmes.
3. Combien y a-t-il de personnages ? Quel est leur milieu social (réfléchissez sur le terme « écuyer ») ? Quelles sont les relations qui les unissent ?
4. Comment apparaissent les relations entre les hommes et les femmes dans le cas du mari ? et dans le cas du prêtre ? et dans le cas du narrateur lui-même, au premier paragraphe ? Et au dernier ?

Langue

5. À quel moment le narrateur intervient-il ? À qui s'adresse-t-il alors ? Quel est le sujet de ces interventions ?
6. Retrouvez les termes qui appartiennent au champ lexical de la parole (y compris le mensonge).
7. Relevez les termes qui appartiennent au vocabulaire des sentiments et classez-les (colère, amour, impatience, etc.).
8. Quels sont les temps employés dans le premier paragraphe ? Pourquoi ? Quelles sont leurs valeurs ?

Genre ou thèmes

9. Comment se fait le portrait des personnages ? Quels détails sont donnés par l'auteur ? Pourquoi ?
10. Les allusions à la religion et au clergé sont nombreuses. Sont-elles toujours respectueuses ? Comment apparaît le prêtre ? Quels éléments relèvent plutôt de la superstition ?
11. Les personnages évoluent dans un univers qui n'est pas le nôtre. Retrouvez les moments où ils désignent des objets ou des réalités qui n'ont plus cours aujourd'hui.

Clefs d'analyse — La Dame qui fit trois fois le tour de l'église (Rutebeuf)

12. Quel est le ton employé par l'auteur ? Les personnages sont-ils présentés de manière positive ou négative ? Justifiez et nuancez vos réponses.

Écriture

13. Imaginez que le mari trouve le prêtre avec sa femme dans le petit bois et que ce soit le prêtre qui doive inventer une excuse plausible pour expliquer sa présence.
14. Développez le dialogue du mari et de la voisine chez laquelle devrait se trouver la femme.

Pour aller plus loin

15. Vous voulez récrire ce récit pour en faire une petite pièce de théâtre. Reprenez le passage où le mari rentre chez lui tout trempé et où sa femme lui sert à dîner. Développez.
16. Suivant la même idée, vous devez rencontrer un metteur en scène qui souhaite donner une représentation de cette scène. Rédigez une fiche décrivant le décor et une détaillant le costume de chacun des personnages. Vous utiliserez un vocabulaire précis, des expansions du nom et des marqueurs spatiaux, sans le support d'aucun dessin ni schéma.
17. Observez les costumes des personnages dans les différentes illustrations de ce recueil. Qu'en pensez-vous ?

> ### ✶ À retenir
> **L'auteur** est celui qui écrit le fabliau. Il s'agit ici de Rutebeuf, qui se présente à la fin de son récit comme s'il voulait le signer. **Le narrateur** est celui qui prend la parole à l'intérieur du récit et qui raconte l'histoire ; quelquefois, il apparaît comme un des personnages. L'auteur choisit donc à la fois ses personnages et son narrateur.

Fabliaux du Moyen Âge

Le Testament de l'âne
(Rutebeuf)

Celui qui, dans ce monde, veut vivre dans l'honneur et se conformer à la vie de ceux qui souhaitent posséder des biens, celui-là rencontre, dans ce monde, beaucoup de difficultés, parce qu'il y a là de nombreux médisants qui ensemble lui causent du tort. Le monde est plein d'envieux, quand bien même on est beau et gracieux : si dix personnes sont assises chez soi, parmi elles, il y aura six médisants et neuf envieux ! En dehors de sa présence, ils le tiendront pour rien, alors que, devant lui, ils lui feront une telle fête que chacun inclinera sa tête. Comment ne l'envieront-ils pas, ceux qui ne profitent pas de la vie qu'il mène, alors que l'envient ceux qui profitent de sa table : en sa faveur, ils ne se montrent pas du tout fermes. Cela ne peut être : c'est la vérité.

Je dis cela à cause d'un prêtre qui avait une bonne paroisse. Il avait mis toute son application à ce qu'elle lui rapporte et lui donne du bien : c'est pour ce but qu'il s'était servi de son savoir.

Il possédait en nombre vêtements et deniers[1], et du blé plein ses greniers, que ce prêtre savait revendre : de Pâques à la saint Rémy[2], il attendait le moment de le céder. Et il n'aurait pas eu un ami si proche qu'il aurait été capable de rien tirer de lui, sauf s'il l'avait fait de force.

Il possédait un âne dans sa maison, mais un âne tel que personne n'en avait jamais vu, qui l'avait servi vingt ans tout entiers ; je ne sais même pas si j'ai jamais vu un serf[3] comme cet âne. L'âne mourut de vieillesse, lui qui avait beaucoup contribué à la richesse du prêtre. Celui-ci tenait tant à lui qu'il ne le laissa pas écorcher[4], et il l'enterra dans le cimetière. Mais je laisse ici ce sujet.

L'évêque était d'une tout autre personnalité. En effet, il n'était absolument pas avare mais de très bonnes manières, de telle sorte

---

1. **Deniers :** le denier est une ancienne monnaie romaine puis française.
2. **Saint Rémy :** fête qui a lieu le 1er octobre.
3. **Serf :** esclave.
4. **Écorcher :** on écorchait les animaux morts pour en récupérer la peau.

Le Testament de l'âne

que, même malade, s'il avait vu arriver un homme de bien, personne n'aurait pu le retenir dans son lit. La compagnie de bons chrétiens était sa juste médecine : sa grande salle en était pleine tous les jours. Son entourage n'était pas mauvais : tout ce que ce seigneur demandait, aucun de ses serfs ne s'en plaignait. S'il avait des biens, c'était en s'endettant ; en effet, *qui dépense beaucoup s'endette*[1].

Un jour, ce saint homme, qui ne connaissait que le bien, avait chez lui une grande foule. On discuta de ces riches clercs[2], de ces prêtres particulièrement cupides qui ne manifestent leur bonté ou leur honneur ni envers leur évêque ni envers leur seigneur. Le prêtre qui était si riche et si bien pourvu y fut accusé. Sa vie y fut expliquée comme si on l'avait lue en un livre, et on lui attribua plus de biens que trois hommes en auraient pu posséder (en effet, on développe beaucoup plus qu'on n'en trouve finalement) :

« Et il a même fait une chose dont on pourrait tirer beaucoup d'argent, s'il y avait quelqu'un pour la présenter publiquement et qu'on devrait bien récompenser pour cela, disait celui qui voulait être le premier à servir l'évêque.

– Qu'a-t-il donc fait ? dit le saint homme.

– Il a plus mal agi qu'un païen : il a enterré son âne Baudouin dans la terre consacrée d'un cimetière.

– Maudite soit sa vie, dit l'évêque, si cela est vrai ! Qu'ils soient damnés, lui et ses richesses ! Gautier, convoquez-le-moi : nous entendrons ce prêtre répondre aux accusations que Robert porte contre lui. Et je dis, avec l'aide de Dieu, que si c'est vrai j'obtiendrai de lui réparation.

– Je vous permets de me faire pendre si ce que j'ai raconté n'est pas vrai. Et en plus, il n'a jamais été généreux avec vous. »

Le prêtre fut convoqué : il vint. Quand il fut arrivé, il dut répondre à son évêque de cette affaire où un prêtre peut être suspendu[3].

« Menteur criminel ! Ennemi de Dieu ! Où avez-vous mis votre âne ? demanda l'évêque. Vous avez commis une grande faute

---

1. *Qui dépense beaucoup s'endette :* dicton.
2. **Clercs :** religieux ; qui font partie du clergé.
3. **Être suspendu :** perdre son poste et l'autorisation de célébrer l'office ; donc perdre ses revenus.

Fabliaux du Moyen Âge

vis-à-vis de la sainte Église en ensevelissant votre âne dans le lieu réservé aux chrétiens ; jamais personne n'a entendu parler d'une faute plus grande. Par sainte Marie l'Égyptienne[1], si cela peut être prouvé et attesté par des gens dignes de foi, je vous ferai jeter en prison, car jamais je n'ai entendu parler d'un tel outrage. »

Le prêtre répondit :

« Mon très doux seigneur, on peut toujours parler mais, s'il vous plaît, je demande une journée de réflexion, car c'est mon droit de prendre conseil dans cette affaire. Pourtant, ce n'est pas parce que je souhaite prolonger le procès.

– Je veux bien que vous preniez conseil, mais je ne vous tiens pas pour quitte, si l'affaire est avérée.

– Seigneur, c'est ce qu'on ne doit pas croire. »

Ne considérant pas l'affaire comme une plaisanterie, l'évêque s'éloigna alors du prêtre. Celui-ci ne se troubla pas : il savait qu'il avait une bonne amie, sa bourse, qui ne lui faisait pas défaut ni pour se racheter, ni en cas de besoin.

Pendant que le fou dort, l'échéance arrive[2]. L'échéance arriva et le prêtre revint. Il apportait avec lui vingt livres[3], dans un sac de cuir, bien comptées et en bonne monnaie. Il n'y avait pas de risque qu'il ait faim ou soif. Quand l'évêque le vit venir, il ne put se retenir de parler :

« Prêtre, vous qui avez perdu votre bon sens, vous avez pris conseil ?

– Seigneur, sans doute, j'ai pris conseil. Mais une querelle ne relève pas d'un conseil, et vous ne devez pas vous en étonner : on doit s'accorder seul à seul. Je veux vous mettre à nu ma conscience et, si cela entraîne une pénitence, pécuniaire[4] ou corporelle, à ce moment-là, vous me corrigerez. »

L'évêque s'approcha de lui, pour qu'il puisse lui parler à l'oreille ; le prêtre, qui alors ne chérissait plus ses pièces, leva son visage. Il tenait l'argent sous son manteau : il n'osait le montrer, à cause du public. Parlant à voix basse, il tint ce discours :

---

1. **Sainte Marie l'Égyptienne** : grande sainte du ve siècle, ayant vécu dans le désert d'Égypte.
2. *Pendant que le fou dort, l'échéance arrive* : proverbe.
3. **Livres** : la livre est une monnaie ancienne qui a eu cours jusqu'à la fin de l'Ancien Régime et que le franc a remplacée ensuite.
4. **Pénitence pécuniaire** : peine évaluée en argent.

Le Testament de l'âne

« Seigneur, il ne convient plus de parler longtemps : mon âne a beaucoup vécu, et nombreux étaient les bons écus que j'ai eus par lui. Il m'a servi de bon gré et très loyalement, pendant vingt ans entiers. Que Dieu m'absolve ! Chaque année, il gagnait vingt sous[1], si bien qu'il a épargné vingt livres. Pour être délivré de l'enfer, il vous les lègue dans son testament. »

L'évêque dit alors :

« Que Dieu lui pardonne et qu'il efface ses fautes et tous les péchés qu'il a commis ! »

Comme vous l'avez entendu, l'évêque fut bien content que le riche prêtre fût dans l'erreur : il lui apprit à se montrer généreux.

Rutebeuf nous a dit et démontré que, en affaires, celui qui possède de l'argent ne doit pas craindre les inconvénients : l'âne resta chrétien ! C'est ainsi que je termine pour vous ce poème : l'âne paya effectivement son legs[2].

Explicit[3] le fabliau *Le Testament de l'âne*.

---

1. **Vingt sous** : le sou est une monnaie ancienne ; vingt sous valaient un franc, soit environ 15 centimes d'euro.
2. **Legs** : héritage.
3. *Explicit :* voir note 2 p. 23.

Clefs d'analyse

**Le Testament de l'âne
(Rutebeuf)**

Action et personnages

1. Décrivez le décor du récit. Combien de lieux sont nécessaires à l'action ?

2. En combien d'étapes l'action se déroule-t-elle ? En dehors des leçons du narrateur au début et de la signature de l'auteur à la fin, déterminez les différentes parties du texte : ce qui appartient à la présentation initiale, puis les différentes phases du récit, et enfin sa conclusion.

3. Comment fonctionne le petit groupe autour de l'évêque ? Essayez de trouver des adjectifs qui pourraient qualifier ces personnages.

4. Que pensez-vous du caractère de l'évêque ? Comment le narrateur en montre-t-il l'ambiguïté ?

Langue

5. Décrivez le fonctionnement du dialogue : qui prend la parole ? Pourquoi ? Qui pose les questions ? Qui y répond ? Qui s'impose ? Réfléchissez aussi en termes de longueur des répliques : joue-t-elle sur l'autorité du personnage qui parle et sur sa force de persuasion ?

6. Repérez le champ lexical de l'argent.

7. Repérez les proverbes et les dictons. À quels temps sont les verbes dans ce type de phrase ? Pourquoi ?

8. Quelle est la valeur des pronoms « nous » et « vous » dans les derniers paragraphes du texte ? À qui l'auteur s'adresse-t-il et pourquoi ?

Genre ou thèmes

9. Quelle leçon propose le fabliau ? Qu'explique le narrateur dans le premier paragraphe ? De quelle manière introduit-il la morale de l'histoire qui va suivre ?

10. Comment Rutebeuf signe-t-il son récit ? La leçon de la fin est-elle différente de la leçon initiale ? En quoi ?

Clefs d'analyse Le Testament de l'âne (Rutebeuf)

11. Malgré les leçons proposées aux lecteurs au début et à la fin, le récit est-il très moral ?

Écriture

12. Imaginez le monologue du prêtre qui, rentré chez lui, se demande comment il pourra échapper au blâme de son évêque et finit par trouver la solution exposée dans la suite du récit.
13. Comment l'évêque va-t-il faire comprendre à sa cour que le prêtre est pardonné ? Imaginez un petit sermon dans lequel il explique la valeur de l'argent lorsqu'il est employé charitablement (il s'agit donc pour vous de développer l'avant-dernier paragraphe du texte).

Pour aller plus loin

14. Faites une recherche sur la place de l'âne dans le passé. Dans quels pays est-il utilisé aujourd'hui ? Pourquoi ?
15. Quelle image cet animal véhicule-t-il ? Pensez à des expressions du type « chargé comme un âne, têtu comme un âne… ». Trouvez-en d'autres, si possible, et donnez-en la signification. Trouvez aussi des titres de livres ou de récits qui comportent le mot.
16. Le cheval a aussi été un animal particulièrement important en Occident, au Moyen Âge et même après. Quel a été son rôle par rapport à celui de l'âne ?

> ※ **À retenir**
>
> L'**ironie** est une forme d'humour qui consiste à dire le contraire de ce qu'on veut faire comprendre. C'est une figure de style qui produit une **moquerie sarcastique**, soit par les paroles mêmes, soit par le ton, soit par l'attitude. Ainsi le narrateur présente-t-il l'évêque comme un « saint homme » alors que la suite du texte montre clairement qu'il est intéressé par l'argent.

Fabliaux du Moyen Âge

Barat et Haimet (Jean Bodel)

CE FABLIAU RACONTE, mes grands seigneurs, qu'autrefois, il y eut trois voleurs, regroupés en une association : ils avaient dérobé de nombreux biens aux laïcs et aux religieux. L'un se nommait Travers ; il n'était pas de la même famille que les deux autres, mais il était associé à eux. Les deux autres étaient frères ; leur père avait été pendu : c'est le dernier plat qu'on sert aux voleurs ! L'un des frères avait pour nom Haimet, et Barat était son véritable frère qui, pour sa part, n'était pas moins au fait du métier de voleur que les deux autres.

Un jour, tous trois s'en allaient, par un bois touffu et épais. Haimet regarda ; sur un chêne, il avait vu un nid de pie ; il alla en dessous, contempla et observa tant qu'il comprit parfaitement et se rendit compte que la pie couvait ses œufs. Il montra cela à Travers, puis à son frère :

« Messieurs, dit-il, ne serait-il pas un bon voleur, celui qui pourrait prendre ces œufs, et redescendre avec eux si doucement que la pie ne se rendrait compte de rien ?

— Personne au monde ne pourrait faire cela, dit Barat.

— Bien sûr que si, tu vas le voir bientôt, reprit l'autre, pour peu que tu veuilles m'observer. La pie ne saura surveiller ses œufs d'aussi près qu'elle ne doive les perdre. »

Il alla alors se suspendre au chêne. Plus doucement qu'on ne fait monter une lampe, il grimpa le long du chêne, vers le haut, en homme qui savait parfaitement se cacher. Il arriva au nid, le défit par-dessous, en retira très discrètement les œufs : de manière parfaite, il prit le tout ; puis il descendit au sol tout joyeux. Il s'adressa alors à ses compagnons, et leur montra aussitôt ce qu'il apportait.

« Messieurs, dit-il, voici les œufs ; vous pouvez les faire cuire sur le feu.

— Certes, jamais il n'y a eu un voleur tel que toi, Haimet, dit Barat. Mais retourne donc là-haut et replace les œufs : je dirai alors que tu nous as tous surpassés !

— Assurément, il n'y aura pas là d'œuf cassé, répondit l'autre, et ils seront remis à leur place. »

Barat et Haimet

Alors il agrippa de nouveau le chêne et grimpa vers le sommet, mais il n'était pas allé bien loin lorsque Barat se suspendit au tronc, lui qui était, plus encore qu'Haimet, maître et expert en ce métier de voleur. Il le suivit de branche en branche, plus doucement qu'un rat d'eau ; jamais l'autre n'eut cela à l'esprit, car il ne craignait aucun de ses compagnons. Barat lui retira donc sa culotte des fesses : il se moqua de lui. L'autre remit les œufs dans le nid. Barat, qui avait trompé son frère, ne resta pas plus longtemps dans le chêne : il descendit rapidement.

Si vous aviez vu l'effarement de Travers ! Il éprouvait un tel abattement de ne pas savoir faire la moindre des choses que les autres faisaient... Et pourtant il s'y était toujours efforcé.

Haimet était alors descendu. Il dit :

« Seigneurs, qu'est-ce que vous pensez de cela ? Il doit vivre à l'aise celui qui vole si aisément.

— Je ne sais qu'en penser, dit Barat : tu sais parfaitement faire. Mais j'apprécie très peu ton savoir, puisque tu n'es pas capable d'avoir une culotte : tu donnes de bien mauvaises preuves contre toi.

— Mais, dit-il, j'en ai une qui est absolument neuve, et dont j'ai volé la toile[1] l'autre jour ; elle me descend jusqu'aux orteils.

— Leurs jambes sont-elles donc si longues, seigneur ? Montrez-les-nous donc, dit Barat, pour que nous les voyions. »

L'autre souleva les pans de sa tunique, mais personne ne vit de culotte : on vit plutôt son sexe et tout le reste, bien découverts et complètement nus.

« Par Dieu, que m'est-il arrivé ? Sacrebleu[2] ! Où sont mes braies[3] ?

— Je ne pense pas que tu les aies, mon cher compagnon, dit Travers. À ce qu'il me semble, jusqu'à Nevers[4], aucun voleur n'est aussi fort que Barat. C'est un bon voleur, celui qui en vole un autre. Mais je n'ai rien à faire avec vous : en effet, je n'ai pas appris de votre métier pour la valeur de quatre deniers. Je serais pris plus de

---

1. **Toile :** les vêtements sont toujours faits sur mesure à partir de la toile qu'on apporte au tailleur.
2. **Sacrebleu !** : traduction très atténuée d'un juron du texte original.
3. **Braies :** sorte de caleçon long qui se portait sous les vêtements.
4. **Nevers :** aujourd'hui préfecture de la Nièvre, ville qui se situe en lisière du Bassin parisien.

Fabliaux du Moyen Âge

cent fois, pendant que vous vous échapperiez par ruse. Je vais m'en retourner dans ma ville, là où je me suis marié. Jusqu'à maintenant, j'avais cette folie dans la tête de devenir un voleur, mais je ne suis ni fou ni joueur. Je sais plutôt me démener à faucher et vanner[1] : je me sens en pleine forme pour gagner ma vie, si notre Dieu en est d'accord. Je m'en vais : je vous recommande à lui. »

Travers les quitta alors et, à force de détours, il chemina tant qu'il arriva chez lui, où il n'était pas haï par sa femme, dame Marie. Celle-ci s'était bien occupée. Elle le reçut avec beaucoup de joie, comme elle devait le faire pour son mari. Travers était donc à ce moment-là chez les siens : il se comporta en homme sage et bon, et travailla très volontiers. Il acquit et conquit tant de biens, qu'il avait en abondance tout ce qu'il fallait.

Au moment de Noël, il tira un jambon d'un porc qu'il avait nourri toute la saison chez lui ; le lard en avait bien la largeur de la paume. Travers l'avait suspendu par une corde, à la grosse poutre de sa maison. Il aurait mieux valu pour lui l'avoir vendu : il aurait évité de gros ennuis. En effet, ce que raconte ce livre[2], c'est que Travers était allé un jour vers un petit bois, tout près, pour y chercher du fourrage. Et voilà que Haimet et Barat cherchaient un abri et se dirigeaient vers sa maison. Ils trouvèrent sa femme en train de filer. Et, eux qui trompaient le monde, ils lui dirent :

« Madame, où est votre mari ?

– Seigneurs, répondit celle qui ne connaissait pas les voleurs, il est dans le bois, pour en rapporter des fagots.

– Par Dieu, dirent-ils, qu'il en soit ainsi. »

Ils s'assirent alors, observèrent les lieux, dans tous les coins et recoins : ni le cellier[3] ni la grande salle n'y échappèrent ; ils regardèrent tout, du sol au toit. Barat leva la tête et il vit, entre deux chevrons, le jambon qui était suspendu là. Il le montra aussitôt à Haimet, puis il déclara :

« Travers a pris bien de la peine pour accumuler du bien : mais il sait parfaitement se cacher de nous dans quelque chambre. Il veut

---

1. **Faucher et vanner :** deux activités du paysan cultivateur.
2. **Ce livre :** allusion à une source à laquelle se réfère l'auteur pour raconter son histoire.
3. **Cellier :** petite pièce dans laquelle on conserve les provisions.

éviter de dépenser : il refuse que nous lui coûtions quoi que ce soit, ni que nous goûtions cette nuit de ce lard ou de ce jambon. Mais nous lui en remontrerons[1], si le feu de l'enfer ne le brûle pas. »

Prenant congé, ils s'en allèrent alors. Ils se cachèrent près d'une haie, chacun appointant un épieu[2].

Travers, qui ce jour-là n'avait pas rapporté grand chose, revint chez lui.

« Seigneur, lui dit sa femme, dame Marie, deux hommes vous ont demandé ; ils m'ont déconcertée car j'étais seule à la maison ; ils n'ont dit ni oui ni non, et ils avaient de sales têtes. Rien de ce que nous possédons à l'extérieur de notre chambre[3] n'a échappé à leur regard, ni notre jambon, ni autre chose, couteau, serpe ou hache. Ils ont visité des yeux toute la maison, faisant voler leurs regards partout, mais ils ne m'ont pas dit ce qu'ils voulaient et moi-même je ne le leur ai pas demandé.

– Je sais bien qui ils sont et ce qu'ils voulaient, dit Travers : ils m'ont rencontré souvent. C'en est fait de notre jambon : nous l'avons perdu, je vous le promets. En effet, l'un et l'autre reviendront pour cela cette nuit, et c'est pour rien que nous l'avons placé là-haut. J'en suis tout à fait sûr. Un mauvais hasard m'a fait tuer ce porc si tôt ; certes, on devrait me mépriser parce que je ne suis pas allé le vendre samedi dernier.

– Seigneur, allons donc le décrocher, dit la femme, pour voir si nous ne pourrions pas le mettre à l'abri ; si ce jambon est descendu au sol, ils ne sauront plus où le chercher puisqu'ils ne le trouveront plus suspendu. »

Sa femme le lui fit si bien comprendre que Travers monta jusqu'à la poutre : il coupa aussitôt la corde et le jambon tomba par terre. Mais alors, ils ne surent qu'en faire, sinon le laisser sur place, recouvert d'une maie[4]. Bien ennuyés, ils allèrent alors se coucher.

Ceux qui convoitaient le jambon vinrent quand il fit nuit. Ils s'acharnèrent tant contre le mur qu'ils firent un trou sous la

---

1. **Nous lui en remontrerons :** nous lui ferons la leçon.
2. **Appointant un épieu :** taillant une lance en pointe pour l'aiguiser.
3. **Chambre :** pièce fermée située à l'étage de la maison.
4. **Une maie :** une huche, c'est-à-dire un petit coffre destiné à la conservation et à la fabrication du pain.

Fabliaux du Moyen Âge

solive[1], où l'on aurait pu faire passer une meule[2]. Ils ne s'attardèrent pas longtemps mais entrèrent tous deux, et tâtonnèrent à travers la maison. Barat, qui n'avait pas une once de raison[3] mais était un voleur dangereux et cruel, chemina entre poutres et poteaux pour parvenir au bout de corde où il avait vu pendre le jambon. Il toucha partout, jusqu'à trouver coupée la corde où ce jambon avait été suspendu. Il redescendit alors au sol, et s'approcha directement de son frère. Ce voleur lui dit à l'oreille qu'il n'avait pas trouvé le jambon.

« Voilà, dit-il, un véritable voleur ! Pense-t-il le protéger de nous ? La folie lui ferait penser cela. »

Ils commencèrent alors à écouter, pour se rendre compte si on dormait. Travers, qui n'osait pas se reposer, s'adressa à sa femme, qui était quelque peu assoupie :

« Dame, dit-il, ne dormez pas ; il n'est pas question de dormir maintenant. Je vais descendre dans la grande salle pour voir s'il y a quelqu'un.

– Que Dieu soit avec vous, seigneur, répondit la dame. »

En homme avisé, Travers se leva et circula dans la maison, sans même avoir enfilé sa culotte. Il souleva légèrement la maie et tâta, en dessous, le jambon ; il fut bien raillé pour cela par la suite ! Tenant à la main une grande hache il alla jusqu'à la vache, dans l'étable, et il fut bien content quand il la trouva.

Mais Barat, tout doucement, s'approcha du lit, tout au bord. Il est bien nécessaire que je vous expose comment agit ce voleur bien déterminé. Il dit :

« Marie, ma chère sœur[4], je vous dirais bien quelque chose d'important, mais mon cœur n'ose pas vous en faire l'aveu parce que vous me prendriez pour un fou.

– Je ne le ferai pas, seigneur, par saint Paul[5]. Au contraire, je vous aiderai à ce sujet.

---

1. **Solive** : pièce de charpente sur laquelle on fixe le plancher ou le plafond.
2. **Meule** : outil utilisé pour moudre le grain.
3. **Qui n'avait pas une once de raison** : dénué de sens commun. Une once est une mesure de poids valant 28,35 grammes.
4. **Sœur** : manière douce d'appeler son épouse.
5. **Saint Paul** : l'un des plus grands saints de l'Église primitive, auteur de livres du Nouveau Testament.

— Je vous le dirai donc, répliqua celui-ci, qui s'était rapidement mis au lit. Tout à l'heure, quand je m'étais endormi, j'ai éprouvé une telle peur que je ne me suis plus souvenu du tout où nous avions placé le jambon hier soir : je ne sais plus ce que nous en avons fait, tant mon rêve a été bizarre.

— Dieu nous aide, seigneur Travers, dit-elle. Quelle mauvaise affaire est-ce là ! N'est-il pas sous la maie, dissimulé sur ce petit lit ?

— Au nom de Dieu, chère sœur, c'est bien vrai, dit l'autre. Je vais aller le toucher. »

Il n'eut pas besoin de lui mentir : il souleva la maie, s'empara du jambon et retourna où Haimet l'attendait, lequel se tenait tout près de là. Il avait alors bien humilié Travers. Ils se dirigèrent vers le petit bois, tous deux ensemble ; en effet, ils s'aimaient beaucoup.

Travers retourna alors se coucher, refermant bien les portes. Et sa femme lui dit :

« Pour sûr, vous êtes comme saoul et bien malheureux, vous qui m'avez demandé il y a un instant ce que notre jambon était devenu. Jamais personne n'a été plus stupéfait en si peu de temps.

— Que Dieu me vienne en aide, quand ? demanda-t-il.

— À l'instant, seigneur ; que Dieu me soutienne !

— Ma chère sœur, notre jambon s'est sauvé. Jamais nous ne le reverrons, dit-il, à moins que je ne le vole à ces voleurs ; mais il n'y a pas de voleurs comme eux en aucun pays. »

Travers sauta du lit : il allait poursuivre les voleurs qui l'avaient berné en emportant son jambon. Il connut bien du tourment cette nuit-là. Il coupa par un champ de blé et les suivit en courant vite : il était entre eux et le bois. Haimet s'en allait à travers un champ d'orge, alors que Barat était quelque peu en arrière, empêché de courir aussi rapidement par le jambon. Travers, qui voulait l'en délivrer, arriva vers lui à grands pas. Il lui dit :

« Donne-moi cela : tu es bien fatigué car tu l'as porté un long moment. Maintenant assieds-toi et repose-toi. »

L'autre, qui pensait avoir affaire à Haimet, lui posa le jambon sur l'épaule. Et il laissa aussitôt Travers, se précipitant en avant. Quant à Travers, il retourna en arrière, directement vers sa maison. Barat était persuadé qu'il le suivait, mais Travers pensait bien échapper à la poursuite, s'il pouvait ; et il connaissait parfaitement le chemin à prendre. Il rentrait chez lui avec le jambon,

Fabliaux du Moyen Âge

à qui il avait vaillamment porté secours en courant si longtemps après Barat.

Mais ce dernier n'eut pas beaucoup de chemin à faire avant de rencontrer Haimet ; au moment où il le rattrapait, il eut si peur (en effet, il le pensait derrière lui), qu'il en tomba au milieu du chemin. Quand l'autre le vit trébucher, il se mit à l'apostropher :

« Laisse-le-moi porter un moment ; je ne crois pas que ce jambon me tombe des mains comme à toi. Tu as eu jusqu'à maintenant un grand poids à porter : tu aurais dû m'en charger.

– Je pensais que tu l'avais, dit Barat. Que Dieu me garde en bonne santé ! Travers nous a donc bernés : c'est lui qui a emporté ce jambon. Mais je lui jouerai un tour, si je peux, avant qu'il ne fasse jour. »

Il s'en retourna rapidement : jamais il n'aurait voulu tarder davantage.

Travers suivait un autre sentier, tout à fait tranquillement, comme quelqu'un qui ne pensait plus devoir se garder de quoi que ce soit. Barat, la peau couverte de sueur à force de courir, arriva à la barrière. Il avait enlevé sa chemise bien blanche et l'arrangea sur sa tête, exactement de la même manière que s'il avait été une femme[1]. Il jouait ainsi :

« Malheureuse que je suis, disait-il ; je suis morte maintenant. C'est Dieu qui me retient si je n'enrage pas pour la peine et les préjudices que j'ai subis à cause de ces deux voleurs ! Dieu ! Où est donc allé mon mari, qui endure tant de tourments aujourd'hui ? »

Travers pensa que c'était sa femme. Il saisit le jambon sur son épaule et dit :

« Chère sœur, la justice revient à point, car je rapporte notre jambon. Fais-le toucher trois fois ta cuisse[2], pour que nous ne le perdions plus jamais. »

Et l'autre d'agripper le jambon, lui qui pensait ne plus le tenir. Il dit :

« Laissez-moi faire cela. Et vous, seigneur Travers, partez. En effet, je voudrais tout à la fois lui faire toucher mon derrière et mes

---

1. **De la même manière que s'il avait été une femme :** traditionnellement, les femmes portaient un voile sur la tête.
2. **Toucher trois fois ta cuisse :** rite de protection et de fécondité.

deux cuisses[1]. Vous pouvez aller vous coucher ; en effet, je n'ose le faire devant vous car j'ai honte. »

Travers monta en suivant un sentier, alors que l'autre prit le jambon par la corde et l'emporta comme un fardeau. Travers, qui était parti aussitôt, trouva sa femme en train de pleurer dès qu'il parvint chez lui. Il lui dit :

« Certes, Marie, tout ce qui est arrivé ne l'a été qu'à cause de mes péchés : j'ai cru t'avoir chargée du jambon, au-dessus de notre jardin... mais je me rends bien compte maintenant que ce sont eux qui sont venus me l'enlever. Dieu ! Comment a-t-il pu ressembler autant à une femme, aussi bien dans ses gestes que par ses paroles ? Me voilà maintenant entré dans une mauvaise danse : jamais un jambon n'a provoqué tant de difficultés... Mais j'userai les talons et les semelles sous la plante de mes pieds plutôt que ne pas arriver à les supplanter cette nuit, pourvu que Dieu me les laisse retrouver. Je vais encore m'y essayer puisque je m'en suis déjà si bien mêlé. »

Il se remit donc en chemin et, quand il fut entré dans le bois, il aperçut la clarté du feu que les autres y avaient allumé, ce qu'ils savaient parfaitement faire. Travers se plaça près d'un chêne et écouta ce que chacun disait. Barat et son frère Haimet déclaraient que, comme premier plat, ils allaient manger de ce jambon, avant que la chance pût tourner contre eux. Ils allèrent donc ramasser du bois mort, cependant que Travers s'approchait en cachette du chêne où le feu prenait. Mais les bûches étaient vertes et ce feu fumait, si bien que la flamme n'arrivait pas à grandir. Travers grimpa sur le chêne ; il suivit si bien son chemin, à travers branchages et rameaux qu'il arriva tout en haut. Il ne cherchait pas à leur enlever le jambon.

Les autres apportaient leur bois à brûler et le jetaient dans le feu par brassées, disant qu'ils grilleraient le jambon. Travers entendit cela. Il se pendit au chêne par un bras ; il avait défait les jambes de sa culotte. Haimet donna un coup d'œil vers le haut et vit Travers, pendu au-dessus d'eux, grand, laid et grossier, parce qu'il était resté nu en dessous de sa chemise !

---

1. **Mes deux cuisses :** exagération grossière propre aux fabliaux.

« Barat, dit-il, notre père s'adresse à nous sous une bien mauvaise apparence : regarde comme il pend à cette branche[1] ; c'est lui, tu n'en doutes pas ?
– Que Dieu nous aide ! On dirait bien qu'il va descendre. »

Ils ne gagnèrent à ce jeu qu'en fuyant ! Ils détalèrent tous deux, et ils ne touchèrent pas au jambon : ils n'en eurent pas la possibilité. Quand Travers ne les vit plus, il ne resta pas plus longtemps dans le chêne. Il s'empara du jambon et retourna chez lui par le plus court chemin. Il le rapporta si bien d'où il venait qu'il n'y avait rien de plus à en dire.

Sa femme se mit à lui parler ainsi :

« Seigneur, soyez le bienvenu ; vous avez bien fait vos preuves : jamais personne n'a été si courageux.

– Chère sœur, répondit-il, allume le feu et prends des bûches dans la réserve. Il faut que nous fassions cuire ce jambon si nous voulons le garder. »

La femme alluma un feu de bois mort, mit de l'eau dans un chaudron et le suspendit à la crémaillère. Travers trancha le jambon, qui lui avait causé bien du souci, de manière parfaitement convenable, sans effort ; le chaudron en fut presque rempli. Quand tout le jambon fut tranché, il déclara :

« Chère sœur, veillez près de ce feu, si cela ne vous fâche pas. Quant à moi, qui n'ai pas dormi de la nuit, je vais me reposer un moment, tout habillé, sur mon lit : en effet, je ne suis pas encore rassuré.

– Seigneur, répliqua-t-elle, seul un malheur les ramènera ici aujourd'hui : dormez tranquillement et en paix. Ils ne vous causeront plus de tort. »

Pendant qu'elle veillait, Travers s'endormit, car il désirait fort se reposer.

Dans le bois, Barat se plaignait. Il comprit que Travers s'était moqué d'eux en les dépossédant du jambon.

« Certes, dit-il, à cause de notre peu de courage, nous avons abandonné au loin ce jambon. Et Travers le possède par sa vaillance :

---

1. **Notre père [...] pend à cette branche** : les pendus étaient dépouillés de leurs vêtements (le début du fabliau avait précisé que le père des deux frères avait été pendu).

Barat et Haimet

il peut en faire un bon festin car il ne croit plus jamais le perdre. À présent, il doit vraiment nous prendre pour des idiots, puisque nous le laissons nous berner ainsi. Rendons-nous chez lui pour savoir comment il en profite. »

Ils se hâtèrent si bien sur le chemin qu'ils arrivèrent à sa porte. Barat regarda par un trou et vit que le chaudron bouillait. Sachez que cela le contraria beaucoup.

« Haimet, dit-il, le jambon est en train de cuire. Il m'est extrêmement pénible de ne pouvoir le lui enlever.

– Laisse-le donc bouillir, dit Haimet, et renonce à cette viande jusqu'à ce qu'elle soit cuite. Moi je ne le tiens pas pour quitte : il faudra qu'il paie les difficultés que nous avons endurées. »

Il coupa une grande branche de coudrier[1] et l'appointa avec un couteau. Puis il grimpa sur la chaumière et enleva le toit, juste au-dessus de l'endroit où le chaudron bouillait. Il retira suffisamment de toit pour voir somnoler la femme de Travers, qui s'était fatiguée de veiller : sa tête tombait en avant. Puis il fit descendre sa perche, qui était plus aiguisée qu'un javelot. Il la poussa dans un morceau de lard, avec toute la précision souhaitable, et il la retira du chaudron. Alors qu'il la remontait vers le toit, Travers s'éveilla. Il vit l'autre, qui était un voleur fort et violent, et il dit :

« Seigneurs, vous qui êtes là-haut, vous êtes injustes envers moi en enlevant la couverture de ma maison ; de cette manière, nous n'en aurons jamais fini. Partagez le jambon, de telle sorte que chacun en ait. Descendez donc : prenez-en et donnez-m'en, pour que chacun en ait sa part. »

L'autre descendit, et ils partagèrent la viande de Travers, sous ses yeux. Ils en firent trois portions, sans laisser rien à peser. À sa femme, ils laissèrent le soin de tirer au sort les lots, et les deux frères emportèrent deux d'entre eux. Mais jamais, s'ils l'avaient pu, Travers n'aurait obtenu la meilleure portion, alors qu'il avait nourri le porc.

C'est pourquoi, je vous l'affirme, mes chers seigneurs : *Les voleurs font de bien mauvais compagnons*[2].

Explicit[3] le fabliau *Barat et Haimet*.

---

1. **Coudrier** : autre nom du noisetier.
2. ***Les voleurs font de bien mauvais compagnons*** : dicton.
3. ***Explicit*** : voir note 2 p. 23.

Clefs d'analyse

**Barat et Haimet
(Jean Bodel)**

Action et personnages

1. Ce fabliau est nettement plus long que les autres. Quelles sont les étapes principales du récit ? En combien de temps se déroule-t-il ? La première partie pourrait être facilement détachée, mais qu'apporte-t-elle pour le portrait des personnages ?

2. En quoi le caractère de Travers s'oppose-t-il à celui de Barat et de Haimet ? Quels sont, malgré tout, les points communs entre les trois personnages ?

3. Barat est un nom commun qui signifie « tromperie », « haimet » est l'hameçon qui attrape le poisson, et « travers » s'oppose à « droit ». En quoi le choix des noms, pour ces personnages, est-il signifiant ?

4. Quels éléments du paysage sont décrits par l'auteur ? Montrez qu'ils ont une utilité dans le déroulement de l'histoire.

Langue

5. Étudiez le vocabulaire du métier de paysan : quels sont les termes qui servent à en décrire les différentes activités ? Classez-les selon leur nature (noms, verbes, adjectifs...).

6. Étudiez les temps dans les deux premiers paragraphes : relevez les verbes et classez-les selon le temps auquel ils sont employés. Déterminez la valeur de ce temps.

Genre ou thèmes

7. On dit souvent que les fabliaux sont réalistes, mais le vol des œufs et l'aventure de la culotte perdue sont-ils crédibles ? Qu'attendent alors les lecteurs dans ce cas ?

8. Repérez les moments où le narrateur s'adresse directement à ses lecteurs. Comment s'adresse-t-il à eux, sur quel mode ? Quels sentiments vise-t-il à susciter ?

9. Que penser de la fin de l'histoire ? Est-elle juste ? Argumentez en fonction de chacun des quatre personnages. Quelle leçon toute simple l'auteur veut-il donner ?

Clefs d'analyse — Barat et Haimet (Jean Bodel)

10. Quels sont les passages qui, dans ce fabliau, seraient particulièrement faciles à transposer au théâtre ?

Écriture

11. Après avoir abandonné les deux frères, Travers rentre chez lui et explique à sa femme l'aventure du vol de la pie. Établissez un dialogue dans lequel Travers raconte les exploits de Barat et Haimet alors que la femme demande des précisions et pose des questions.

12. Décrivez en détail la maison de Travers. En quoi est-elle construite ? Combien d'étages et de pièces comporte-t-elle ? Comment sont-elles meublées ? Quelles en sont les dépendances ? etc.

Pour aller plus loin

13. Proverbes, dictons et termes figurés sont fréquents dans la bouche des personnages et surtout dans les prises de parole du narrateur ; ils constituent un indice d'un parler populaire. Essayez de repérer ces expressions imagées et trouvez-en la signification exacte dans un dictionnaire.

14. Les noms propres (prénom ou nom de famille) peuvent avoir une origine qui les rend parfois signifiants ; ils ont pu désigner un nom de métier (Ménétrier, Leclerc), une particularité physique (Legrand) ou le lieu de naissance de la famille. Faites une recherche sur votre prénom et, éventuellement, sur votre nom, pour en établir la signification originelle.

✳ À retenir

Les proverbes et les dictons sont des phrases figées, censées refléter la sagesse populaire. Le **dicton** prend la forme d'une **affirmation générale**, alors que le **proverbe** dit une **vérité sous une forme imagée** : il demande donc à être interprété en fonction du contexte. Exemple : « Qui vole un œuf vole un bœuf » signifie généralement que commettre une petite mauvaise action conduit à en faire une plus grave encore.

Fabliaux du Moyen Âge

Brunain, la vache du prêtre (Jean Bodel)

Je raconte l'histoire d'un paysan et de sa femme qui, un jour de fête de Notre Dame, s'en furent prier à l'église.

Avant la célébration, le prêtre alla prononcer un sermon devant le chœur[1]. Il expliqua qu'il était bon de donner pour l'amour de Dieu, car Dieu rendrait le double à celui qui agissait ainsi selon son cœur.

« Écoute, dit le paysan, ma chère sœur[2], ce que notre prêtre promet : pour celui qui donne volontairement, Dieu multiplie ses dons. Nous ne pouvons pas mieux employer notre vache : si cela te convient, par Dieu, donnons-la à ce prêtre. De toute façon, elle ne donne que peu de lait.

– Seigneur, dans ces conditions, répondit la dame, je veux bien qu'il se l'approprie. »

Sans plus faire de longs discours, ils retournèrent chez eux. Le paysan entra dans l'étable, prit sa vache par une corde, et alla la présenter au curé, un prêtre habile et intelligent. Les mains jointes, le paysan lui dit :

« Cher seigneur, par amour pour Dieu, je vous donne Blérain. »

Et il lui plaça la corde dans le poing, jurant qu'il n'avait pas d'autre bien.

« Mon ami, tu as agi sagement, lui répondit le prêtre, maître Constant, qui n'aspirait qu'à s'emparer de richesses. Tu peux t'en aller : tu as bien transmis ton message. Si tous mes paroissiens étaient aussi sages que toi, j'aurais de nombreuses bêtes. »

Le paysan quitta le prêtre. Celui-ci commanda rapidement que, pour l'apprivoiser, on liât Blérain avec Brunain, la grande vache qu'il avait en propre. Le clerc[3] la mena donc dans leur jardin et, à ce qu'il me paraît, il y trouva leur vache. Il les attacha ensemble puis, les laissant, il s'en retourna.

---

1. **Chœur** : partie haute de l'église où se tient le prêtre.
2. **Sœur** : manière douce d'appeler son épouse.
3. **Clerc** : religieux au service du prêtre desservant la paroisse.

Brunain, la vache du prêtre

La vache du prêtre baissait la tête parce qu'elle voulait brouter, mais Blérain ne voulut pas accepter cela : elle tira si fort sur le lien qu'elle entraîna l'autre hors du jardin. Elle l'emmena à travers fermes, champs de chanvre[1] et prés, si bien qu'elle retourna chez elle, avec la vache du prêtre, qu'elle avait bien de la peine à entraîner.

Le paysan observait attentivement cela : il en conçut une grande joie dans son cœur.

« Ah, dit-il, ma chère sœur, il est bien vrai que Dieu est un bon doubleur[2] car Blérain revient avec une autre : elle amène une grande vache brune. Maintenant nous en aurons deux pour une auparavant : notre étable sera bien petite ! »

Par cet exemple, ce fabliau explique qu'il est fou celui qui n'accorde pas toute sa confiance : celui qui possède les biens, c'est celui à qui Dieu les donne, pas celui qui les cache et les enterre. Aucun homme ne peut multiplier ses biens sans jouer de chance, à tout le moins : c'est par chance que le paysan posséda deux vaches et le prêtre aucune. *Tel pense avancer qui recule*[3].

Explicit[4] le fabliau *Brunain, la vache du prêtre*.

---

1. **Chanvre :** plante textile.
2. **Doubleur :** qui double.
3. ***Tel pense avancer qui recule :*** proverbe.
4. ***Explicit :*** voir note 2 p. 23.

Clefs d'analyse

Brunain, la vache du prêtre (Jean Bodel)

Action et personnages

1. Faites le portrait des quatre personnages : quels sont les éléments que l'auteur donne sur eux ? Comment les présente-t-il ?
2. Pourquoi les noms des deux vaches sont si proches ? Comment se justifie le nom de la seconde ?
3. Dans la première réplique du paysan, que pensez-vous de la dernière phrase ? Comment interpréter cette restriction ?
4. Pourquoi l'auteur insiste-t-il sur le long trajet que fait la vache pour retourner chez ses maîtres ?

Langue

5. Relevez les adjectifs qui qualifient chacun des personnages. Complétez la série en trouvant de nouveaux mots pour décrire précisément leurs caractères.
6. Quel est le sens du proverbe final ? Quel rapport a-t-il avec le fabliau ?
7. Faites la liste des verbes de parole et distribuez chacun de ces verbes en fonction des personnages qui parlent.

Genre ou thèmes

8. Quel caractère et quelle psychologie sont donnés au couple de paysans ? Pourquoi ? Quel est l'effet recherché par l'auteur ?
9. En quoi le prêtre est-il caricatural ? Qu'est-ce que Jean Bodel cherche à dénoncer à travers ce personnage ? Analysez la leçon finale du dernier paragraphe : que veut dire Jean Bodel ?
10. Pourquoi l'auteur a-t-il donné le nom de la vache comme titre de son fabliau ? N'est-elle pas le seul « personnage » qui ait une forte personnalité dans le récit ? Justifiez votre réponse.
11. À quels types de comique l'auteur fait-il appel ici ? Quelles seraient les différentes réactions du lecteur ?

Clefs d'analyse
Brunain, la vache du prêtre (Jean Bodel)

Écriture

12. Récrivez le paragraphe « La vache du prêtre baissait la tête... » en laissant le paysan qui observe la scène la décrire lui-même : « Je vois que la vache du prêtre baisse la tête... » Que deviennent les différents temps employés dans le texte original ?

13. La femme ne dit presque rien. Imaginez qu'elle réponde à son mari, à la fin du texte.

14. Imaginez le dialogue entre le clerc et le prêtre lorsqu'ils se rendent compte qu'ils ont perdu les deux vaches.

Pour aller plus loin

15. Le sermon du prêtre fait allusion à la parabole biblique des talents : retrouvez-en le texte dans l'Évangile de Matthieu (chap. 25, versets 14 à 30) pour comparer avec la façon dont l'auteur du fabliau la met en scène.

16. Posséder une vache est un premier signe de richesse pour un paysan du Moyen Âge. Faites des recherches pour savoir comment cet animal était utilisé et comment, encore aujourd'hui, il produit toutes sortes de biens et de services.

17. Il existait plusieurs formes de paysannerie au Moyen Âge, notamment les serfs et les paysans libres. Définissez ces deux expressions et faites une recherche pour établir les principales différences entre les uns et les autres.

> ### ✷ À retenir
>
> Le lecteur peut s'amuser de ce qui est dit, de ce qui est fait, de ce qui est sous-entendu, de ce qui est exagéré, de la situation dans laquelle se trouvent les personnages, de leurs défauts, de leurs maladresses... Généralement, on classe les **formes du comique** dans les catégories suivantes, qui peuvent se cumuler : comique de **mots**, de **gestes**, de **situation**, de **caractère** et de **répétition**.

Fabliaux du Moyen Âge

Estourmi
(Huon Piaucele)

PARCE QUE JE VOUS AIME beaucoup, je vais commencer pour vous le récit d'un fabliau : il raconte une aventure qui arriva réellement à un homme sage. Lui et sa femme étaient devenus pauvres. Il avait pour nom Jehan, et elle s'appelait Yfame. Ils avaient été une famille riche, mais ils tombèrent dans la pauvreté. Je n'en connais pas la raison parce qu'elle ne m'a jamais été dite, d'où mon ignorance.

Trois prêtres, dans leur sagesse pervertie, convoitèrent dame Yfame. Ils pensaient l'avoir à portée de main, à cause de sa pauvreté qui la rendait vulnérable. Ils s'imaginèrent une folie, qui les conduisit à la mort, comme vous allez m'entendre l'exposer pour vous, si vous voulez bien m'écouter. Le sujet, qui nous raconte les intentions de la dame et des trois clercs, le montre.

Chacun des trois désirait tirer du plaisir de dame Yfame ; c'est pourquoi ils lui promirent des biens pour, je crois, plus de quatre-vingts livres[1]. Mais, ainsi qu'en témoigne le livre[2] et ce que raconte la source[3] elle-même, ces trois-là furent, à leur plus grande honte, livrés au malheur, lequel fut causé par la perfidie de leurs croupes[4] et de leurs reins. C'est ce que vous entendrez à la fin de cette histoire, pour peu que vous vouliez attendre jusque-là.

Yfame cependant ne voulut écouter aucune de leurs paroles, et leur raconta toute l'affaire à son mari, jusqu'au point où elle en était. Jehan lui répondit :

« Eh bien, ma chère sœur[5], me racontez-vous la vérité ? Vous promettent-ils autant de biens que dans les paroles que vous m'avez rapportées ?

---

1. **Livres** : monnaie ancienne ; voir note 3, p. 28.
2. **Le livre** : il s'agit du livre dans lequel serait racontée cette histoire, et dans lequel l'auteur a trouvé son sujet (voir note 2, p. 34).
3. **La source** : le sujet.
4. **Croupes** : les fesses. L'ensemble de l'expression « leurs croupes et leurs reins » désigne, par proximité physique, leurs sexes.
5. **Sœur** : voir note 4, p. 36.

Estourmi

— Oui, cher frère, tant et plus, pourvu que je me soumette à leurs volontés.

— Maudit soit celui qui accepterait ces biens à cette condition, reprit Jehan. Je préférerais me trouver mort, enterré dans un cercueil, plutôt que ceux-là prennent leur plaisir de vous, tant que je vis.

— Seigneur, ne vous effrayez pas, lui dit Yfame, qui était très sage. La pauvreté, qui est très cruelle, nous a engagés dans un mauvais combat. Maintenant, il serait bon de suivre une décision qui nous en tirerait. Ces prêtres sont riches de leurs rentes[1] : ils ont beaucoup de ce qui nous manque. Si vous voulez en croire ma parole, je nous sortirai de la pauvreté, et je ferai honte facilement à ceux qui s'imaginaient abuser de nous.

— Allez-y donc, très chère sœur, et préoccupez-vous de bien les ferrer[2], lui dit Jehan. Mais je ne voudrais à aucun prix qu'ils aient le dessus sur vous.

— Taisez-vous ! Vous monterez là-haut, à l'étage, et vous resterez silencieux. Vous protégerez par votre regard mon honneur et le vôtre, ainsi que ma personne. Nous jetterons les prêtres dehors, et leurs biens nous reviendront. Tout se passera ainsi, si vous le voulez bien.

— Partez immédiatement et sans délai, ma très douce amie, reprit Jehan. Mais, au nom de Dieu, ne vous attardez pas là-bas. »

Dame Yfame partit pour l'église, elle qui était vraiment une femme de bien. Avant que la messe ne fût chantée, elle fut rapidement interpellée par ceux qui cherchaient leur ruine. Chacun à son tour, individuellement et de telle sorte que les autres n'en sachent rien, entreprit d'aller la trouver chez elle. La bonne dame donna d'abord rendez-vous au premier prêtre, de telle sorte qu'il vînt entre chien et loup[3], et qu'il apportât ses deniers. « Dame, dit-il, très volontiers. » Celui-là était bien proche de son supplice, mais il y allait pourtant gaiement. Mais voilà que venait le deuxième,

---

1. **Rentes :** revenus que l'on tire d'un bien, d'un capital ou d'une charge (ici, l'office du prêtre).
2. **Ferrer :** prendre un poisson avec un hameçon ; l'image est empruntée au lexique de la pêche.
3. **Entre chien et loup :** expression qui date du XIIIe siècle et désigne la période de fin de journée où la clarté est telle qu'on a du mal à distinguer un chien d'un loup.

Fabliaux du Moyen Âge

qui voulait sa part de chair : il avait la croupe bien chaude[1]. Il s'abaissa devant Yfame pour lui découvrir sa pensée. Elle, qui avait réservé pour lui une grande mésaventure, lui fixa pour rendez-vous secret de venir quand la cloche allait sonner. « Madame, dit ce prêtre, par saint Amant, à cette heure-là, je n'aurai pas tant de souci qu'il m'empêcherait de venir selon votre ordre, car il y a bien longtemps que je vous désire.

– Apportez-moi donc la collecte[2] que vous devez m'apporter.

– Volontiers, je vais la compter, dit l'autre, sautant de joie. »

Le dernier prêtre vint lui aussi et demanda à son tour : « Madame, arriverai-je au bout de ce que je vous ai demandé ? » Et la dame, qu'il poursuivait pour faire un grand mal et un péché, répondit :

« Cher seigneur, il n'y aura rien d'autre à faire. Vos propos m'ont touchée, et la pauvreté qui m'a assaillie, me font vous accorder ce que vous demandez. Venez donc à la première heure de la nuit, directement à ma porte, et ne venez pas démuni, mais apportez-moi ce que vous m'avez promis.

– Que je ne chante plus jamais la messe, madame, si vous n'obtenez pas ce que vous avez réclamé. Je vais tirer du coffre et l'argent et la bourse. »

Très content de ce qu'il avait obtenu, celui-ci se dirigea directement vers sa chambre.

Qu'ils se gardent bien des pièges où ils vont tomber, eux qui ont poursuivi bassement leur mort et leur fin. Mais j'ai oublié de préciser quelque chose : c'est qu'Yfame, dans le but de les tromper, avait annoncé pour finir à chacun des prêtres que Jehan n'était pas à la ville. Chacun s'en montra très heureux mais, cette nuit-là, on se réjouit beaucoup de les voir morts, sachez-le bien.

Quant à dame Yfame, elle revint rapidement chez elle et elle raconta tout à son mari. Jehan l'écouta et en fut très content. Il ordonna à sa jeune nièce d'allumer du feu et de mettre la table. Celle-ci, qui ne voulut pas manquer d'obéir à cet ordre, prépara aussitôt le couvert car elle connaissait parfaitement son service.

Yfame, qui était très sage, dit à son mari : « Cher Seigneur, la nuit vient. Je sais bien que vous devez vous cacher maintenant car c'est

---

1. **Il avait la croupe chaude :** il était enflammé de désir.
2. **Collecte :** allusion irrévérencieuse à la quête faite auprès des fidèles à l'église.

Estourmi

juste l'heure. » Jehan, qui possédait deux pourpoints[1], avait revêtu le meilleur ; c'était un bel homme, qui était très fort. Il avait pris sa hache dans la main et empoigné une massue, très grosse, en bois de pommier.

Voilà que le premier arrivait, tout chargé des deniers qu'il portait. Il toqua discrètement à la porte, ne voulant pas qu'on sût qu'il était là. Dame Yfame tira le verrou en arrière et ouvrit la porte. Quand l'autre vit dame Yfame, il crut qu'il l'avait abusée. Mais Jehan, prenant la massue dont l'extrémité était bien grosse, l'attaqua par derrière, si bien que le prêtre ne vit rien venir. Tout doucement, sans rien dire, Jehan descendit l'escalier. L'autre, qui pensait obtenir ce qu'il voulait dans sa lutte avec la dame, s'approcha d'elle, la fit se retourner et tomber au milieu de la pièce. Jehan se jeta sur eux et, avec une grande assurance, il frappa brutalement le prêtre sur la tête, de sa hache qu'il tenait à deux mains. La tête était si bien cognée que le sang et la cervelle se répandirent. Le prêtre tomba mort : il avait perdu la parole.

Yfame était très effrayée, mais Jehan jura que, par sainte Marie, si sa femme faisait du vacarme, il la frapperait de sa massue. Elle se tut et Jehan pris dans ses bras celui qui était étendu mort sur le sol. Il l'emporta rapidement dans sa cour et le redressa tout aussitôt contre la paroi de sa bergerie. Puis, revenant de la cour, il réconforta sa femme.

L'autre prêtre toqua alors, cherchant son malheur et son déshonneur. Jehan remonta à l'étage, pendant que dame Yfame, bien malheureuse de ces événements, ouvrait la porte ; elle devait pourtant s'y soumettre. Le prêtre pénétra dans l'entrée. Il était chargé, mais il tira les deniers qu'il portait. Jehan, qui était au-dessus de lui, le regardait par les jours du plancher, en colère et l'air mauvais. Il descendit tout doucement. L'autre attrapait déjà Yfame dans ses bras, pour prendre son plaisir, et il la renversait sur le beau lit. Jehan vit cela, et cela lui fut pénible. De sa massue pesante, il lui asséna un tel coup sur la caboche que ce ne fut pas pour faire une bosse mais pour faire éclater en morceaux ce qu'il avait touché ! L'autre était mort : son visage pâlit parce que la mort le prenait tout entier.

---

1. **Pourpoints :** un pourpoint est un vêtement masculin qui couvrait le haut du corps, du cou à la ceinture.

Fabliaux du Moyen Âge

Maître Jehan le saisit et le porta avec le premier, puis il s'adressa à lui : « En voilà maintenant un autre ! Je ne sais si vous êtes amis, mais il vaut mieux un compagnon que de rester seul ! » Et quand ce fut fait, il rentra. Son affaire tournait bien : il plaça les deniers dans la huche[1].

Mais voilà que le troisième prêtre appelait, tout doucement et très discrètement. Dame Yfame reprit sa clef et ouvrit la porte aussitôt. L'autre, qui l'aimait follement, entra dans la maison, chargé de son argent. Messire Jehan s'était réfugié sous l'escalier pour se cacher. Le prêtre, pensant obtenir entière satisfaction de la dame, l'avait prise dans ses bras et couchée sur un beau lit. Jehan vit cela et s'en courrouça[2] fort. Il dressa la massue qu'il tenait et lui donna un tel coup sur la tempe qu'il lui remplit la bouche de sang et de cervelle mêlés. Il tomba mort, le corps tremblant, pressé par la mort qui le tenait. Messire Jehan le tira : lui aussi il l'emporta aussitôt. Il le redressa près de la porte et, cela fait, il rentra.

Maintenant, je sais bien qu'il me faut vous dire pourquoi Jehan, qui fit beaucoup d'efforts cette nuit-là, plaça les deux premiers prêtres ensemble. Si je ne vous le dis pas, il me semble que ce fabliau serait incomplet. Jehan se serait trouvé en mauvaise situation sans un de ses neveux, Estourmi, qui lui manifesta toute son amitié, comme vous l'allez l'entendre dans ce fabliau.

Yfame n'était pas satisfaite de cette affaire ; elle en était, au contraire, très malheureuse. « Si je savais où se trouve mon neveu, dit Jehan, j'irais le chercher : il m'aiderait bien dans ma besogne pour me débarrasser de ce fardeau. Mais je crois qu'il s'amuse dans de mauvais lieux[3].

– Il n'y est pas, cher seigneur, dit sa nièce. Il n'y a pas encore très longtemps que je l'ai vu à la taverne[4], juste devant chez dame Hodierne.

– Ah ! dit Jehan, par saint Grégoire, vas-y pour savoir s'il y est toujours. »

---

1. **Huche :** coffre fermé par un abattant plat dans lequel on rangeait de la nourriture.
2. **S'en courrouça :** du verbe « se courroucer », se mettre en colère.
3. **Dans de mauvais lieux :** dans des lieux ou l'on rencontre des femmes.
4. **Taverne :** lieu où l'on boit et où l'on joue.

Estourmi

Elle quitta la maison toute troublée. Arrivant à la taverne elle écouta si son frère s'y trouvait. Et quand elle l'entendit, elle monta l'escalier et se plaça à côté de lui alors qu'il jetait les dés en les dissimulant sous sa main ; cela ne lui porta pas chance car il perdit. Peu s'en fallut qu'il ne brisât la table de son poing. C'est vraiment une grande vérité (si l'on ne me croit pas, qu'on le demande à quelqu'un d'autre) que celui qui persiste à jouer aux dés doit souvent faire face à de grandes difficultés.

Mais je laisse là ce sujet : je veux plutôt vous parler de celle qui entraînait son frère, alors que lui ne faisait pas attention à elle. Estourmi regarda sa sœur, puis il lui demanda d'où elle venait.

« Mon frère, lui dit-elle, il faut que nous parlions ensemble en bas.
– Ma foi, répondit-il, je ne descendrai pas : je dois ici cinq sous[1].
– Taisez-vous : ils ne seront pas perdus parce que je les paierai volontiers. Cher hôte, dites-moi combien mon frère vous doit ici en tout.
– Cinq sous.
– Voilà en gage mon surcot[2]. Suffit-il à payer son écot[3] ?
– Oui, vous avez bien parlé. »

Ils sortirent alors du lieu, et le jeune homme qui s'appelait Estourmi se mit en route. Il demanda à sa sœur si c'était son oncle qui l'appelait. « Oui, cher frère, il a bien besoin de vous. » La maison n'était pas loin. Ils arrivèrent à la porte et entrèrent à l'intérieur. Quand Jehan vit son neveu, il en manifesta beaucoup de joie.

« Dites-moi qui a mal agi envers vous, sacrebleu ![4] dit Estourmi.
– Je t'en dirai toute la vérité, mon cher ami, dit messire Jehan. Un prêtre, mal inspiré, a voulu abuser de Dame Yfame. Je pensais le blesser, mais je l'ai tué, ce qui m'ennuie beaucoup. Si d'autres le savent autour de moi, je serai vite mis à mort.
– Vous ne m'appeliez pas quand vous étiez riche, dit Estourmi ! Mais, sacrebleu ! je ne renoncerai pas, par paresse, puisque j'ai déjà commencé à m'en mêler, avant que vous soyez libéré de ce problème. Faites vite, apportez-moi un sac car il est déjà grand temps. »

---

1. **Cinq sous** : environ 4 centimes d'euro (voir note 1 p. 29).
2. **Surcot** : vêtement de dessus ressemblant à une blouse ou à une tunique longue.
3. **Écot** : part de l'addition qui revient à chaque convive.
4. **Sacrebleu !** : traduction très atténuée d'un juron du texte original.

Fabliaux du Moyen Âge

Messire Jehan ne s'attarda pas et il apporta le sac à son neveu. Il le conduisit au prêtre qu'il avait placé à côté. Ils eurent pourtant beaucoup de mal à mettre le corps sur les épaules d'Estourmi. À cause de cela, Estourmi jura par saint Paul[1] qu'il n'avait jamais porté un fardeau aussi lourd. Son oncle lui remit une pioche et une pelle, pour recouvrir le corps.

L'autre s'en alla, sans demander de lanterne : il fit ouvrir la porte. Portant sa charge, Estourmi se glissa par une fausse poterne[2] parce qu'il ne voulait pas passer par la porte de la ville. Quand il arriva dans les champs, il jeta le prêtre à terre. Il creusa le trou au fond d'un fossé et y enfouit celui qui avait un gros ventre, puis il le recouvrit. Il ramassa sa pioche, sa pelle et son sac et s'en retourna alors à la maison.

Jehan s'était si bien débrouillé qu'il avait placé l'autre prêtre au même endroit et dans la même position que celle occupée par le premier, celui qui avait été emporté pour être enterré et qui avait été mis bien profond dans la terre. Estourmi arriva alors à la porte, et on lui ouvrit.

« Il est parfaitement enterré et couvert de terre, le maître prélat[3], dit Estourmi.

— Cher neveu, je dois pourtant me dire malheureux, reprit Jehan, parce qu'il est revenu ! Jamais je ne trouverai de secours avant d'être pris et tué.

— Il a donc les démons dans le corps pour qu'ils l'aient rapporté ici dedans ! Et même s'il y en avait deux cents, je les enterrerai avant le jour. »

Sur ces mots, il reprit sa pioche, sa pelle et son sac, puis il déclara : « Jamais, nulle part, une pareille aventure n'est arrivée en ce monde ! Par ma foi, que le Seigneur Dieu me damne si je ne retourne pas l'enterrer : je serais vraiment très couard[4] si je laissais mettre à mal[5] mon oncle. » Il se dirigea alors vers le prêtre, qui était

---

1. **Par saint Paul :** juron grossier, irrespectueux et blasphématoire, très courant dans les fabliaux.
2. **Poterne :** petite porte creusée dans une fortification ou le rempart d'une ville permettant d'aller et venir secrètement.
3. **Prélat :** ecclésiastique de haut rang (emploi ironique ici).
4. **Couard :** lâche.
5. **Mettre à mal :** mettre en mauvaise posture.

vraiment très laid. Et Estourmi, qui n'était pas plus peureux que s'il avait été tout en fer, s'adressa à lui : « C'est par tous les habitants de l'enfer[1] que vous êtes maintenant revenu ! Il faut bien que vous soyez connu là-bas pour qu'ils vous aient rapporté ici ! »

Il s'approcha alors du prêtre et l'emporta : avec lui il courut à travers le chemin tracé dans la cour. Il ne voulut même pas le mettre dans le sac. Régulièrement, Estourmi le regardait de travers et le raillait : « Vous venez donc de revenir pour la dame ? Mais aucune peur ne m'empêchera de vous enterrer. » Il s'avança alors vers la haie, et y appuya celui qu'il portait, prenant bien garde qu'il ne s'enfuie pas. Il creusa une fosse très profonde, saisit le prêtre et le plaça au fond, le couchant de tout son long. Puis il couvrit ses yeux, sa bouche et tout son corps de terre. Et, invoquant les saints d'Angleterre, ceux de France et ceux de Bretagne, il jura que ce serait une bien grande malice si, cette fois, le prêtre revenait.

Mais pour celui-là en tout cas, il était tranquille : il ne pourrait revenir ! En revanche, il lui faudrait s'occuper du troisième : il était déjà là, tout prêt ! Il devrait bien s'y préparer car on se jouait de lui. Il est donc raisonnable que je vous parle maintenant de Jehan : il avait placé, c'est la stricte vérité, le dernier prêtre à l'endroit même où les deux premiers furent emportés, ceux qui déjà, hors de l'enclos, avaient été enterrés à cause de leur méchant forfait.

Sitôt qu'Estourmi eut terminé, il retourna à la maison de Jean, disant : « Oh là ! Comme je suis épuisé et comme j'ai chaud, tant il était gros et gras, ce prêtre que je viens d'enterrer. J'ai creusé bien longtemps pour le mettre le plus profond possible. Il ne reviendra plus, à moins que les diables ne s'en mêlent. » Mais Jehan répliqua que jamais ne viendrait l'heure où il en serait libéré : « Avant demain soir, je serai soumis au déshonneur.

– Pourquoi serez-vous livré à une telle honte ? lui répondit Estourmi.

– Ah, cher neveu ! Il n'y a aucune preuve que je ne sois pas en grand danger : il est revenu dans notre jardin, le prêtre que vous avez emporté !

– Ma foi, vous n'avez jamais parlé pour mentir, reprit Estourmi. Vous avez vu à l'instant de vos yeux que je l'ai pris sur mes épaules. Je ne croirais pas saint Paul, mon oncle, s'il affirmait que vous disiez la vérité à ce sujet.

---

1. **Habitants de l'enfer :** créatures diaboliques.

Fabliaux du Moyen Âge

— Ah, très cher neveu : venez voir ce prêtre qui est revenu !
— Par ma foi, c'est bien la troisième fois ! Ils ne me laisseront pas manger de la nuit : ils s'imaginent se venger durement, les diables qui le rapportent ! Mais je ne me décourage pas pour rien : je considère leurs beaux enchantements comme sans effet. »

Il alla donc vers le prêtre, et le saisit par les oreilles puis par le cou. Il jura alors, par son corps, qu'il enterrerait de nouveau ce prêtre, et qu'il n'y manquerait pas, même si les diables étaient dans son ventre ! Après ces mots, il se mit à son dur travail, maudissant constamment son fardeau : il n'en pouvait plus car l'autre lui pesait beaucoup : « Par le cœur de Dieu, disait-il, ce poids me tue : j'y renonce. » Il le jeta alors à terre : près d'un saule, il coucha le prêtre, qui était particulièrement gros. Et il commença à suer bien avant que la fosse fût terminée de creuser.

Mais quand il l'eut complètement évidée, il s'approcha du prêtre et l'emporta dans ses bras. L'autre était grand et Estourmi trébucha : tous deux tombèrent dans la fosse. « Par ma foi, c'est cuit pour moi, s'écria Estourmi, qui était dessous. Malheureux que je suis, je mourrai donc là-dessous ; me voilà en bien mauvaise position. » La main du prêtre se retourna, glissant du bord de la fosse : elle lui donna un tel coup qu'il s'en fallut de peu que ses dents ne se brisent.

« Voilà ! Par le nom de sainte Marie, dit Estourmi, je suis vaincu ! Ce prêtre est ressuscité : il m'a donné là un bon coup et je ne pense plus lui échapper car il me piétine et m'abat complètement. »

Il le saisit alors par la gorge, le retourna et le prêtre retomba.

« Par ma foi, dit-il, il vous déplaît que j'aie pris le dessus, mais je vais bien vous arranger ! » Il sauta alors sur sa pelle et en donna un tel coup au prêtre qu'il lui écrasa la tête comme une pomme pourrie. Puis il sortit de la fosse. Il recouvrit complètement de terre celui qui était gras et fessu[1] : il se démena et sauta pour tasser la terre sur lui. Puis il jura, par le corps de saint Riquier[2], qu'il ne comprenait pas comment le prêtre revenait à la maison. Il dit que lui-même ne l'enterrerait plus : il lui avait causé suffisamment de difficultés comme cela ! Et il partit après ces paroles.

---

1. **Fessu** : avec de grosses fesses.
2. **Saint Riquier** : moine picard du VIIe siècle.

Estourmi

Il n'alla pas si loin qu'il entendit un prêtre marcher devant lui, revenant de chanter ses matines[1], par un malheureux hasard. Il était passé devant la façade d'une maison. Fatigué, Estourmi le reconnut à sa grande chape[2]. Il s'écria : « Voilà ! Ce prêtre m'échappe : sacrebleu, il s'en va encore. Qu'est-ce que cela, maître prêtre ? Par Dieu, vous voulez me persécuter davantage ? Vous m'avez fait veiller longtemps mais, certes, vous n'avez rien à y gagner ! » Et il leva sa pioche vers le haut : il en frappa le prêtre si près de l'oreille qu'il aurait été tout à fait extraordinaire qu'il en réchappât : en effet, le coup de pioche lui avait fait sauter la cervelle. « Ah ! dit-il. Mauvais traître ! Comme vous m'avez couvert de honte cette nuit ! »

Pourquoi vous en dirais-je davantage ? Estourmi porta encore le prêtre à travers une ouverture près de la porte. Il l'enterra dans une marnière[3]. Estourmi fit tout exactement comme je vous l'ai raconté. Et quand il eut recouvert le prêtre, il retourna chez son oncle : il marchait rapidement parce que le jour apparaissait.

Jehan était appuyé contre le mur, dans sa maison. Il disait :

« Dieu ! Quand reviendra mon neveu ? Je suis très désireux de le voir. » Mais voilà sur le chemin celui qui avait subi bien des difficultés : il arriva à la porte, que Jehan lui ouvrit rapidement, et il l'embrassa. Puis il lui déclara : « Je me suis beaucoup inquiété des soucis que je vous ai causés. Mais j'ai vu que vous vous êtes montré bon ami cette nuit, par la foi que je dois à saint Amant. Et maintenant tu peux me demander ce que tu veux, que cela me concerne ou que cela concerne mes biens.

– Je n'ai jamais rien entendu de pareil, répondit Estourmi. Je n'ai pas besoin de pièces ou de biens mais dites-moi la vérité, mon cher oncle : le prêtre est-il revenu ?

– Non. J'en ai été bien délivré : il n'aura plus jamais l'occasion de me voir.

– Ah ! mon cher oncle, je dois vous expliquer un nouveau malheur. Quand j'ai eu enterré le prêtre, écoutez ce qui est arrivé : ce

---

1. **Matines :** premier office que doivent chanter les religieux. Il a lieu très tôt le matin alors qu'il fait encore nuit.
2. **Chape :** ou cape ; grand manteau que portent les clercs pour l'office de la messe.
3. **Marnière :** carrière d'où l'on tire de la marne, un mélange d'argile et de calcaire servant de matériau de construction.

même prêtre est réapparu devant moi comme j'allais entrer dans la ville. Il pensait s'échapper par une ruse, mais je lui ai donné un coup de pioche si fort que sa cervelle s'en est répandue sur le chemin. Puis je l'ai emporté et je suis retourné par la poterne, juste là en descendant, et je l'ai jeté en bas, le poussant dans un bourbier. »

Quand Jehan eut entendu les paroles que lui disait son neveu, il lui dit : « Vous vous êtes bien vengé de lui. » Puis il ajouta pour lui-même : « Par ma foi, maintenant c'est encore plus mauvais, parce que celui-là n'avait rien fait de mal. Mais certains paient un forfait, alors qu'ils n'ont pas mérité de mourir. »

C'est par une grande injustice qu'il a perdu la vie, ce prêtre qu'Estourmi a tué, mais le diable possède un grand pouvoir pour tromper et surprendre les gens. Par l'histoire de ces prêtres, je veux vous apprendre que c'est une grande folie que de convoiter (et même de fréquenter) la femme de son prochain : cette affirmation est tout à fait évidente. Croyez-vous que, par la seule pauvreté, une femme honnête se débauche ? Pas du tout ! Elle se laisserait couper la gorge avec un rasoir tranchant plutôt que de faire, pour de l'argent, quelque chose dont son mari aurait honte. Et, au moment de leur enterrement, ils ne furent pas embaumés avec des parfums, ceux qui voulurent déshonorer Yfame : ils furent punis selon leurs fautes. Ce fabliau le montre parfaitement : il apprend à tous les prêtres qu'ils doivent se garder de boire à la même coupe que ceux qui furent tués pour obéir à leurs sens affolés. C'est ce qui fit leur malheur : vous avez bien écouté de quelle façon ils furent mis en terre.

Estourmi s'assit pour prendre son repas : il mangea et but abondamment et, après ce repas, Jehan, son oncle, partagea ses biens avec lui. Je ne sais pas jusqu'à quel point ils restèrent ensemble depuis ce jour.

En tout cas, à mon avis, on ne doit pas mépriser un parent modeste, si pauvre fût-il, sauf si c'est un traître ou un voleur. En effet, même s'il est fou ou tricheur, il finit par s'amender. Vous avez entendu plusieurs fois dans ce fabliau que Jehan aurait été déshonoré, si Estourmi n'avait pas été là, ainsi que sa servante.

Ce fabliau a été écrit par Huon Piaucele.

Explicit[1] le fabliau *Estourmi*.

---

1. *Explicit :* voir note 2 p. 23.

Clefs d'analyse

Estourmi
(Huon Piaucele)

Action et personnages

1. Quel portrait fait-on des prêtres ? Sont-ils interchangeables ? Y compris celui qui apparaît à la fin du texte ?

2. Le texte étant assez long, l'auteur prend le temps d'approfondir la présentation des personnages principaux. Déterminez le caractère de Jehan, d'Yfame et de la servante.

3. En quoi le personnage d'Estourmi est-il caricatural ? Pourquoi est-il sympathique malgré sa brutalité grossière ? Quelle est son attitude vis-à-vis de la religion ? A-t-il peur de Dieu ou des diables ? Comment en parle-t-il ?

4. En combien de temps se déroule le récit ? Établissez une chronologie des événements.

Langue

5. Toute l'histoire part de l'opposition entre richesse et pauvreté. Relevez le champ lexical de l'argent et de la richesse.

6. Quels sont les différents types de comique mis en œuvre par l'auteur ?

7. Retrouvez le vocabulaire de l'effort physique (pour Estourmi surtout), celui du raisonnement intellectuel (pour Jehan) et celui des sentiments (pour Yfame).

8. Le vocabulaire de la religion est très riche. Classez les différentes allusions (jurons, allusions au clergé, au culte, appels à Dieu ou à ses saints...).

Genre ou thèmes

9. Comment l'auteur se débarrasse-t-il de la question du passage de la richesse à la pauvreté, dans le premier paragraphe ?

10. Les deuxième et troisième paragraphes semblent dévoiler la fin du fabliau. Comment l'auteur s'y prend-il pour entretenir le suspense et intéresser le lecteur ? Repérez les passages qui s'adressent directement à lui.

Clefs d'analyse — Estourmi (Huon Piaucele)

11. Quel effet produit la répétition des morts et des enterrements ? Comment l'auteur parvient-il à ne pas lasser le lecteur ? Qu'apporte de nouveau le quatrième enterrement ?
12. Montrez que ce fabliau respecte la thématique habituelle des prêtres corrompus, infâmes et bien peu croyants.
13. Quelle image de la justice le texte laisse-t-il entrevoir ?

Écriture

14. Imaginez que le quatrième prêtre ait eu le temps de parler à Estourmi : quel dialogue aurait alors pu s'engager ?
15. Le premier paragraphe ne dit rien de la raison de la pauvreté du couple. Essayez de l'expliquer dans un court texte en faisant parler le narrateur.

Pour aller plus loin

16. S'il fallait représenter cette histoire sur une scène de théâtre, combien de décors faudrait-il ? Décrivez-les en détail. Dressez une liste des accessoires nécessaires.
17. Comment sont disposées la plupart des maisons au Moyen Âge ? Comment sont-elles meublées ? Faites des recherches pour dresser la liste des objets et du mobilier. Aidez-vous du texte pour en trouver les premiers éléments.
18. Quelles différences y a-t-il entre religion et superstition ? Ces différences étaient-elles toujours bien marquées au Moyen Âge ?

> ## ✳ À retenir
>
> Les fabliaux sont des récits, mais le dialogue reste possible. Deux systèmes énonciatifs s'opposent. Le **récit**, pour le narrateur ; les temps du passé sont l'imparfait et le passé simple, avec des pronoms de la troisième personne. Lorsque les personnages parlent, c'est le **discours** qui est utilisé ; les temps du passé sont alors l'imparfait et le passé composé ; les verbes sont principalement aux deux premières personnes.

Estula (anonyme)

IL Y EUT JADIS deux frères, qui n'avaient plus le secours de leur père ou de leur mère, et qui n'avaient pas d'autre compagnie. Pauvreté[1] était leur grande amie : en effet, elle les accompagnait souvent. Or c'est l'être au monde qui blesse le plus ceux dans l'entourage de qui elle se tient : personne ne produit de souffrance plus grande.

Les deux frères dont je vais vous parler habitaient ensemble. Une nuit, ils étaient torturés par la soif, la faim et le froid : chacun de ces maux étreint souvent ceux que Pauvreté tient en ses liens. Ils commencèrent alors à réfléchir pour voir comment ils pourraient se défendre de Pauvreté qui les oppressait et souvent leur faisait sentir le déplaisir.

Un homme très riche et renommé habitait près de leur maison : alors que les frères étaient pauvres, le riche fou avait des choux dans son jardin et des brebis dans sa bergerie. Les deux s'étaient avancés par là. La pauvreté rend folles de nombreuses personnes : aussi l'un emporta un sac sur ses épaules et l'autre un couteau à la main, et ils pénétrèrent dans le domaine. L'un entra aussitôt dans le jardin et, sans plus tarder, il coupa des choux dans le champ. L'autre se dirigea vers la bergerie, pour en ouvrir la porte : il y travailla si bien qu'il réussit, et il pensa que son affaire avançait bien. À tâtons[2], il cherchait le mouton le plus gras.

Cependant, on était encore assis à table dans la maison, si bien qu'on perçut l'ouverture de la porte de la bergerie. Le brave homme appela son fils et lui dit : « Va vérifier dans le jardin s'il ne se passe rien de mal, et appelle le chien de la maison. » Ce chien avait pour nom Estula, et il y avait cela de bien pour les deux frères que, cette nuit-là, il ne se trouvait pas dans la cour. Le jeune homme écoutait. Il avait ouvert la porte qui donnait sur la cour et il cria :

« Estula ! Estula ! »

Et le frère, dans la bergerie, répondit :

« Oui, bien sûr, je suis ici. »

---

1. **Pauvreté**, avec une majuscule, devient un véritable personnage, une allégorie.
2. **À tâtons** : en tâtonnant avec les mains, pour se repérer dans l'obscurité.

Fabliaux du Moyen Âge

Il faisait vraiment très noir, si bien qu'il ne pouvait apercevoir celui qui lui avait répondu ainsi. Sans mentir, il pensait en lui-même que c'était le chien qui avait répondu. Aussi n'attendit-il pas beaucoup plus longtemps : il revint directement à la maison et se montra très effrayé quand il y arriva.

« Qu'as-tu, cher fils ? lui demanda son père.

– Seigneur, par la foi que je dois à ma mère, Estula vient de me parler !

– Qui ? Notre chien ?

– Oui, par ma foi. Et si vous ne voulez pas me croire, appelez-le tout de suite, et vous l'entendrez parler. »

C'est ainsi que le brave homme se mit à courir pour vérifier cette merveille. Il entra dans la cour et appela Estula, son chien. Et l'autre, qui ne faisait pas du tout attention, répondit :

« Vraiment, je suis là. »

Et le brave homme en fut tout émerveillé.

« Par tous les saints et par toutes les saintes, mon fils, j'ai entendu bien des choses extraordinaires, mais jamais comme celles-ci ! Va vite, raconte ces prodiges à notre prêtre et amène-le avec toi. Dis-lui d'apporter aussi son étole[1] et l'eau bénite. »

Le plus rapidement qu'il lui fut possible, le fils se démena tant qu'il arriva à la maison du prêtre. Il ne s'attarda pas longtemps, mais se rendit directement auprès du prêtre.

« Seigneur, lui dit-il, venez donc chez nous entendre une chose tout à fait merveilleuse : jamais vous n'en avez entendu de pareille. Et mettez l'étole autour de votre cou.

– Tu es bien fou, répondit le prêtre, de vouloir me mener là-bas dehors. Je suis déjà pieds nus : je ne pourrai y aller.

– Vous irez, lui répondit l'autre aussitôt : je vous porterai. »

Le prêtre prit son étole, grimpa sans rien ajouter de plus sur les épaules de l'autre, et partit sur le chemin. Comme le garçon arrivait là-bas, et parce qu'il voulait s'y rendre plus rapidement, il descendit directement par le sentier où étaient descendus aussi les frères qui

---

1. **Étole :** au Moyen Âge, l'étole était une longue robe ornée de deux bandes verticales ; aujourd'hui, ces bandes d'étoffe constituent l'étole elle-même ; les ecclésiastiques la portent autour du cou, dans le cadre de leurs fonctions liturgiques (les cérémonies religieuses comme la célébration de la messe).

Estula

cherchaient de quoi manger. Celui qui cueillait les choux aperçut le prêtre, tout habillé de blanc[1]. Il crut que c'était son compagnon qui apportait quelque prise, et il lui demanda tout joyeux :

« Apportes-tu quelque chose ?

— Ma foi oui, répondit l'autre, qui pensait que c'était son père qui avait parlé.

— Allons, vite, reprit le premier. Jette-le à terre : mon couteau est bien coupant (je l'ai fait aiguiser hier à la forge) et il aura bientôt la gorge tranchée. »

Quand le prêtre entendit cela, il crut bien qu'on l'avait trompé et, des épaules du fils, il sauta à terre et s'enfuit, tout déconcerté. Mais il accrocha son surplis[2] à un piquet, lequel resta là, car il n'osait pas s'attarder pour pouvoir le décrocher du piquet. Le frère, qui avait cueilli les choux n'était pas moins étonné que celui qui s'enfuyait à cause de lui. Il ne savait ce qui lui prenait. Cependant, il alla attraper le blanc qu'il voyait pendre au piquet : il se rendit compte que c'était un surplis.

Son frère sortit alors de la bergerie avec un mouton. Il appela son compagnon, qui avait rempli son sac de choux. Tous deux avaient les épaules bien chargées. Ils ne voulurent pas s'attarder davantage et tous deux s'en retournèrent vers leur maison, qui était toute proche. Le premier montra alors ce qu'il avait rapporté : le surplis qu'il avait attrapé. Ils en plaisantèrent et en rirent : le rire, qui auparavant leur était interdit[3], leur fut alors rendu.

Dieu travaille rapidement. *Qui rit au matin, pleurera le soir*[4], et qui éprouve du chagrin le soir, se retrouve tout joyeux au matin.

Explicit[5] le fabliau *Estula*.

---

1. **Tout habillé de blanc :** la toison des moutons est blanche, tout comme le vêtement du prêtre, d'où la méprise (voir la note suivante).
2. **Surplis :** habit de cérémonie religieuse de couleur blanche et à larges manches ; il arrive au-dessus des genoux et se porte sur les autres vêtements.
3. **Interdit :** il leur était défendu de rire à cause de leur pauvreté.
4. *Qui rit au matin pleurera le soir :* proverbe. Aujourd'hui, on dirait : « Qui rit vendredi, dimanche pleurera ».
5. *Explicit :* voir note 2 p. 23.

Clefs d'analyse

**Estula
(anonyme)**

Action et personnages

1. Pourquoi est-il important que l'ensemble des scènes se passent la nuit ? Que permet le manque de lumière ?
2. Quels éléments matériels ancrent l'histoire dans la réalité ? Quel est l'intérêt de les accumuler pour caractériser les personnages ?
3. À la fin du texte, la narration s'appuie sur une série d'objets très concrets qui sont autant d'accessoires justifiant les réactions des personnages. Quels sont ces accessoires et quelles réactions provoquent-ils ?
4. En quoi l'adjectif « fou », au début du troisième paragraphe, anticipe-t-il la fin de l'histoire ? En quoi interpelle-t-il le lecteur ? Comment est-il justifié dans le texte ?
5. Comment apparaît le personnage du prêtre ? Quelle image l'auteur donne-t-il de lui ?

Langue

6. L'avant-dernier paragraphe appartient au narrateur. Analysez-le en termes de récit (temps des verbes, personne employée...). Effectuez les transformations nécessaires pour en faire un dialogue entre les deux personnages.
7. Repérez les pronoms des deux derniers paragraphes. Faites-en une analyse précise et complète (nature exacte, antécédent, fonction...).
8. Dressez la liste des mots dévoilant les sentiments des personnages : classez-les dans différentes rubriques (peur, étonnement, joie...).

Genre ou thèmes

9. Le fabliau est bâti sur deux jeux de mots successifs qui déterminent deux parties du texte. Quels sont ces jeux de mots et quelles sont les limites de ces deux parties ?
10. Encore une fois, le narrateur dit « je ». Est-ce habituel dans un récit où le narrateur n'est pas directement impliqué ? Pourquoi ce « je » apparaît-il ? Quel est son effet sur le lecteur ?

Clefs d'analyse — Estula (anonyme)

11. Montrez que le fabliau pourrait être une application du proverbe : « Tel père, tel fils. » Quels autres proverbes sont explicitement cités dans le texte ? Pourquoi ?

Écriture

12. « Il y eut jadis… » Ce début ressemble à un conte. Gardez les deux premiers paragraphes du texte et inventez une suite complètement différente, en tenant compte seulement de ces données initiales.

13. Le fils rentre à la maison et raconte à son père que les aventures extraordinaires ont continué : imaginez le dialogue entre ces deux personnages.

14. Le matin, une fois la lumière revenue, le prêtre retrouve de l'assurance et revient chez le paysan pour exiger une explication. Imaginez la scène et le dialogue.

Pour aller plus loin

15. Au début du fabliau, l'auteur introduit la figure de Pauvreté. Qu'est-ce qu'une allégorie ? Faites des recherches sur ce type de personnage et son utilisation très fréquente au Moyen Âge, aussi bien dans les statues que dans les textes littéraires.

16. Proposez un plan du domaine dans lequel les deux frères pénètrent avec la maison et les différentes dépendances.

> ### ✳ À retenir
>
> Le mot **quiproquo** vient du latin *quid pro quod*, qui signifie « quelque chose pour autre chose ». Il désigne un malentendu résultant d'une **confusion** faite entre des personnes, des situations ou sur le sens de certaines paroles. On l'utilise très souvent au théâtre car il permet d'alimenter le **comique**. Il sert aussi à faire évoluer différemment l'action ou encore à mettre en valeur certains traits de caractère.

Fabliaux du Moyen Âge

Le Paysan devenu médecin (anonyme)

IL Y AVAIT JADIS un paysan riche, qui était particulièrement avare et pingre. Il possédait une charrue et, habituellement, il en usait avec une jument et un mauvais cheval. Il avait en abondance de la viande, du pain et du vin, et tout ce qui lui était nécessaire. Mais parce qu'il n'avait pas de femme, ses amis et les gens en général le critiquaient fort. Il répondait qu'il se marierait volontiers avec une femme bonne, s'il en rencontrait une, et on lui répondit qu'on chercherait la meilleure qu'on pût trouver.

Dans ce pays, il y avait un chevalier, un vieil homme veuf, qui avait une fille très belle, une demoiselle très courtoise. Mais, parce que l'argent lui manquait, le chevalier ne trouvait personne pour demander sa fille en mariage, sinon il l'aurait donnée volontiers car elle était tout à fait en âge de se marier.

Les amis du paysan allèrent chez le chevalier et lui demandèrent sa fille, pour le paysan qui possédait tant d'or et tant d'argent, abondance de froment[1] et de vêtements. Il leur donna rapidement sa fille et il permit ce mariage. La jeune fille, qui était très sage, n'osa pas contredire son père : elle était orpheline de mère et accordait à son père ce qui lui plaisait.

Le paysan célébra ses noces le plus tôt qu'il put, et il épousa celle pour qui ce mariage était fort pénible, quoiqu'elle n'eût osé agir différemment. Quand cette affaire fut conclue, le mariage et le reste, il ne se passa pas longtemps avant que le paysan ne se dît qu'il avait bien mal agi : il ne convenait pas à son état d'avoir pour femme une fille de chevalier car, quand lui-même irait derrière sa charrue, le vassal[2] se promènerait dans la rue, et pour lui tous les jours seraient fériés. Et quand lui-même serait loin de sa maison, le chapelain[3] viendrait sans cesse, jour après jour, et il coucherait

---

1. **Froment** : variété de blé avec laquelle on fabrique le plus raffiné des pains, le pain blanc.
2. **Vassal** : le terme désigne ici le chevalier et sert à décrire un personnage noble.
3. **Chapelain** : personne qui a la charge d'une chapelle ou d'une paroisse.

Le Paysan devenu médecin

avec sa femme, laquelle ne l'aimerait jamais et ne le considérerait pas mieux qu'une croûte de pain.

« Hélas, malheureux que je suis, disait le paysan. Je ne sais plus quelle décision prendre maintenant qu'il est trop tard pour se repentir. »

Il commença alors à réfléchir pour savoir comment il pourrait protéger sa femme de tout cela :

« Mon Dieu, se dit-il, si je la battais le matin, à mon lever, elle pleurerait toute la journée alors que je m'en irais faire mon travail. Je sais bien que, tant qu'elle pleurerait, personne ne la courtiserait. Pour vêpres[1], à mon retour, je lui demanderais pardon au nom de Dieu, et je la contenterais le soir... et, au matin, elle subirait la même peine. Maintenant je prendrais bien congé d'elle, si j'avais un peu mangé. »

Le paysan demanda son déjeuner, et sa femme courut le lui apporter. Ils n'eurent ni saumon ni perdrix[2], mais du pain, du vin et des œufs frits, ainsi que quantité de fromage, tout ce que le paysan pouvait accumuler. Quand la table fut enlevée[3], de la paume de sa main, qu'il avait fort large, il la frappa sur le visage, au point d'y laisser la trace de ses doigts. Puis, ce paysan très cruel la tira par les cheveux, et la battit comme si elle l'avait mérité. Il partit enfin rapidement pour ses champs.

La femme resta en pleurs, disant :

« Malheureuse que je suis ! Que faire ? Quelle décision prendre ? Mais je ne sais plus que dire : mon père m'a bien sacrifiée en me donnant à ce paysan. Pensais-je mourir de faim ? Certes, j'avais bien la rage au cœur quand j'ai donné mon accord à un tel mariage. Dieu ! Pourquoi ma mère est-elle morte ? »

Elle se désolait tant que tous ceux qui venaient pour lui rendre visite s'en retournaient.

---

1. **Vêpres :** prière de la fin de l'après-midi. Les prières, réparties dans la journée, servaient à mesurer l'heure.
2. **Ni saumon ni perdrix :** le saumon et la perdrix étaient des aliments réservés aux nobles.
3. **Quand la table fut enlevée :** à l'époque, les tables n'étaient pas fixes et se montaient seulement pour les repas ; d'où l'expression « mettre la table ».

Fabliaux du Moyen Âge

Elle manifesta ainsi sa douleur jusqu'à ce que le soleil se couchât et que le paysan rentrât au logis. Il tomba aux pieds de sa femme et lui demanda pardon, au nom de Dieu :

« Sachez que c'était l'Ennemi[1] qui m'a fait agir aussi mal. Tenez, je vous jure sur ma foi que jamais plus je ne vous toucherai : je suis absolument désolé de vous avoir battue ainsi. »

Ce paysan puant lui dit tant de choses qu'elle lui pardonna alors. Elle lui donna ensuite ce qu'elle avait préparé à dîner, et quand ils eurent bien mangé, ils allèrent se coucher en paix.

Le lendemain matin, l'infect paysan avait de nouveau si bien étourdi sa femme, que pour un peu elle serait restée estropiée[2] ; et il s'en retourna labourer ses champs. La dame commença à pleurer. Elle se disait :

« Malheureuse que je suis ! Que faire ? Quelle décision prendre ? Je sais bien qu'il m'est arrivé un malheur : mon mari a-t-il jamais été battu ? Pas du tout : il ne sait pas ce que sont les coups. S'il le savait, pour rien au monde, il m'en donnerait ainsi. »

Pendant qu'elle se lamentait de cette manière, voilà qu'arrivaient deux messagers du roi, chacun monté sur un blanc palefroi[3]. Ils éperonnèrent leurs chevaux vers la dame, et la saluèrent au nom du roi, puis lui demandèrent à manger, car ils étaient affamés. Elle les servit volontiers, puis elle leur demanda :

« D'où êtes-vous et où allez-vous ? Dites-moi ce que vous cherchez.
– Madame, par ma foi, répondit l'un d'eux, nous sommes messagers du roi, lequel nous envoie chercher un médecin. Nous devons passer la mer pour l'Angleterre.
– Pour quoi faire ?
– Demoiselle Aude, la fille du roi, est malade. Huit jours entiers sont passés sans qu'elle puisse manger ni boire, car une arête de poisson s'est coincée dans son gosier. Le roi en est très peiné : s'il perd sa fille, plus jamais il ne sera heureux.
– Vous n'aurez pas à aller aussi loin que vous croyez, reprit la dame. En effet, je vous le certifie, mon mari est un bon médecin : il s'y connaît davantage en médicaments et en analyse d'urines qu'Hippocrate[4] en connut jamais.

---

1. **L'Ennemi** : le diable.
2. **Estropiée** : privée de l'usage d'un ou de plusieurs de ses membres.
3. **Palefroi** : cheval de parade ou de promenade.
4. **Hippocrate** : médecin grec, le plus célèbre de l'Antiquité (IVe siècle av. Jésus-Christ).

Le Paysan devenu médecin

— Madame, vous dites cela pour plaisanter ?
— Je ne me soucie pas de plaisanter, dit-elle. Mais cet homme est d'une nature telle qu'il ne fait rien pour personne, à moins qu'on ne le batte bien.
— Qu'à cela ne tienne, dirent-il. S'il ne s'agit que de le battre, ce n'est pas un problème. Madame, où pourrons-nous le trouver ?
— Vous pourrez le trouver dans les champs. Quand vous sortirez de cette cour, en suivant bien ce ruisseau au-delà de cette longue rue ; la toute première charrue que vous rencontrerez, c'est la nôtre. Allez-y. Je vous recommande à l'apôtre saint Pierre[1] », conclut la dame.

Les autres partirent, éperonnant leur cheval, jusqu'à rencontrer le paysan. Ils le saluèrent au nom du roi, et lui dirent sans attendre :
« Venez immédiatement parler au roi.
— Pour quoi faire ? répondit le paysan.
— À cause de toutes les connaissances que vous possédez. Il n'y a pas de médecin tel que vous au monde, et c'est de loin que nous sommes venus pour vous chercher. »

Quand le paysan entendit qu'on le prenait pour un médecin, il commença à s'échauffer le sang ; il répondit qu'il ne connaissait absolument rien à cela.

« Qu'est-ce que nous attendons ? reprit le chevalier. Tu sais bien qu'il veut être battu avant de faire quelque bien ou même de parler. »

Et l'un le frappa près de l'oreille, l'autre sur le dos, avec de grands bâtons épais. Ils l'humilièrent bien, puis le conduisirent au roi. Ils le firent monter à l'envers sur un cheval, ses talons du côté de la tête de l'animal. Le roi les aborda et leur demanda :
« Avez-vous trouvé quelqu'un ?
— Oui, Sire », dirent-ils tous deux.

Et le paysan se mit à trembler de peur. L'un des deux chevaliers exposa immédiatement au roi les qualités que possédait le paysan, et de quelle manière il était plein de perfidie : il ne faisait pour personne une chose qu'on lui demandait, à moins qu'on ne le batte bien fort. Le roi dit alors :
« C'est là un drôle de médecin ! Je n'ai jamais entendu parler d'un homme comme lui. Qu'il soit bien battu puisque c'est nécessaire.

---

1. **Saint Pierre :** le premier des apôtres et le premier pape.

— Je suis tout à fait prêt, dit un des serviteurs. Dès que vous le commanderez, ses droits lui seront payés. »

Le roi appela le paysan.

« Docteur, lui dit-il, écoutez-moi : je vais faire venir ma fille, car elle a bien besoin d'être soignée. »

Le paysan l'exhorta à la pitié :

« Sire, par Dieu qui ne ment jamais, qu'il me vienne en aide, je vous le dis clairement : je ne connais rien à la médecine, et je n'en ai jamais rien su.

— J'ai entendu là des propos extraordinaires, dit le roi. Battez-moi ! »

Les autres s'empressèrent et le battirent très volontiers. Le paysan sentit les coups et il pensa qu'il était devenu fou. Il commença à crier :

« Pitié ! Je vais la guérir sans tarder. »

La jeune fille se tenait dans la grande salle. Elle était extrêmement pâle, et le paysan réfléchit à la manière de la guérir : il se rendait bien compte qu'il lui faudrait mourir s'il ne la guérissait pas. Il fallait donc qu'il se mette à réfléchir à la manière de la sauver, à quelle chose faire ou dire qui pourrait la faire rire, de sorte que l'arête se dégageât, puisqu'elle n'était pas loin à l'intérieur du corps. Il dit alors au roi :

« Faites un feu dans cette chambre, c'est-à-dire en un lieu fermé[1]. Vous allez voir ce que je vais faire et, s'il plaît à Dieu, je la guérirai. »

Le roi fit faire un grand feu. Les serviteurs[2] et les écuyers[3] s'empressaient : ils avaient rapidement allumé le feu là où le roi l'avait commandé. La jeune fille s'assit près de ce feu, sur un siège qu'on lui avait apporté là. Le paysan se déshabilla complètement, ôtant même ses braies[4]. Il se coucha de l'autre côté du feu, et il se mit à se gratter et à s'étriller[5] ; il avait les ongles longs et la peau

---

1. **Lieu fermé :** la chambre est un espace privé, contrairement à la salle, qui est un espace public.
2. **Serviteurs :** personnes attachées à une maison particulière.
3. **Écuyers :** l'écuyer est attaché à un chevalier, dont il « porte l'écu ». Voir note 4 p. 21.
4. **Braies :** sorte de caleçon long qui se portait sous les vêtements.
5. **S'étriller :** se gratter ; on étrille les chevaux pour brosser les poils de leur robe.

Le Paysan devenu médecin

dure. Personne, jusqu'à Saumur, ne se serait aussi bien gratté que lui, si bon gratteur qu'on eût pu trouver ! La jeune fille qui voyait cela, malgré le mal qu'elle sentait, se prit à rire : elle se força, de telle sorte que l'arête jaillît de sa bouche et volât vers le brasier.

165 Sans plus attendre, le paysan revêtit ses vêtements, il saisit l'arête et sortit de la chambre en manifestant sa joie. Voyant le roi, plus haut, il lui cria :

« Sire, votre fille est guérie. Voici l'arête, grâce à Dieu. »

Le roi s'en réjouit beaucoup et lui dit :

170 « Maintenant sachez bien que je vous aime plus que n'importe qui, et vous obtiendrez des robes[1] et des vêtements.

– Merci, sire. Je n'en veux pas. Et je ne souhaite pas rester avec vous : je dois retourner chez moi.

– Tu ne feras pas cela, lui dit le roi : tu seras mon médecin et 175 mon ami.

– Pitié, sire, par saint Germain. Il n'y a pas de pain dans ma maison : quand je suis parti hier matin, on devait aller en chercher au moulin. »

Le roi appela deux domestiques :

180 « Battez-le-moi, il restera ! »

Les autres se précipitèrent sans attendre, pour aller maltraiter le paysan. Quand celui-ci sentit les coups sur ses bras, ses jambes et son dos, il se mit à demander grâce :

« Je resterai ! Laissez-moi tranquille ! »

185 Le paysan resta donc à la cour. On lui coupa les cheveux, on le rasa, et il revêtit une robe d'écarlate[2]. Mais il pensa qu'il était hors de danger, quand les malades du pays (plus de quatre-vingts, selon moi) se rendirent chez le roi à l'occasion d'une fête. Chacun lui ayant exposé sa situation, le roi fit appeler son médecin et lui dit :

190 « Docteur, écoutez tout cela ; occupez-vous de ces gens. Agissez rapidement : guérissez-les-moi !

– Grâce, sire ! dit le paysan. Ils sont nombreux. Dieu me vienne en aide ! Je ne pourrai pas venir à bout de ceux-là : je ne pourrai les guérir tous ! »

---

1. **Robes :** vêtements portés par les hommes ou les femmes.
2. **Écarlate :** le mot est synonyme de « rouge » mais il désigne ici une étoffe de qualité supérieure.

Fabliaux du Moyen Âge

À cause de quoi, le roi appela deux domestiques : chacun d'eux saisit un bâton, car ils savaient bien pourquoi le roi les avait appelés. Lorsque le paysan les vit arriver, son sang commença à frémir.

« Pitié, se mit-il à dire, je les guérirai tout de suite. »

Il demanda du bois mort. Il en eut suffisamment pour ce qu'il voulait faire. Le feu fut allumé dans la grande salle, et lui-même l'entretint. Il fit réunir les malades et pria ensuite le roi :

« Sire, descendez[1] donc, ainsi que tous ceux qui ne souffrent de rien. »

Le roi partit très volontiers : il sortit de la grande salle, avec sa suite.

Le paysan s'adressa aux malades :

« Seigneurs, par le Dieu qui m'a créé, c'est une chose bien difficile que de vous guérir et je ne pourrai en venir à bout. Aussi, je choisirai le plus malade d'entre vous et je le placerai dans ce feu. Je l'y brûlerai, et tous les autres en bénéficieront car ceux qui en boiront la cendre en seront aussitôt guéris. »

Ils se regardèrent les uns les autres : pas un bossu, pas un patient au ventre gonflé n'aurait avoué, même au prix de la Normandie, qu'il aurait eu la maladie la plus grave. Le paysan s'adressa au premier qu'il vit :

« Je te vois bien affaibli. Tu es le plus épuisé de tous.

– Pitié, seigneur, je suis en très bonne santé, mieux que je ne l'ai jamais été. J'ai été soulagé d'un grand poids dont j'ai souffert très longtemps. Sachez bien que, sur ce sujet, je ne vous mens absolument pas.

– Descends donc ! Qu'as-tu cherché ici ? »

Et l'autre prit la porte aussitôt. Le roi lui demanda :

« Es-tu guéri ?

– Oui, sire, grâce à Dieu. Je suis plus sain qu'une pomme. Vous avez là un médecin très savant. »

Que vous dirais-je de plus ? Il n'y eut personne, petit ou grand, qui, pour tout l'or du monde, n'aurait permis qu'on le poussât dans le feu. Ils s'en allèrent plutôt tous, comme s'ils avaient été guéris. Quand le roi les aperçut, il fut saisi de joie. Il déclara au paysan :

---

1. **Descendez** : la grande salle se trouvait souvent au premier étage du château.

Le Paysan devenu médecin

« Cher docteur, je m'émerveille du fait qu'il ait été possible de les guérir tous si rapidement.
— Merci, sire. Je les ai envoûtés : je connais un envoûtement qui marche mieux que le gingembre[1] et le zédoaire[2].
— Vous pourrez maintenant partir chez vous quand vous voudrez, dit le roi. Vous obtiendrez de moi des deniers[3], des palefrois[4] et de bons destriers[5]. Et quand je vous ferai appeler de nouveau, vous ferez ce que je voudrai : vous serez donc mon très bon ami, et vous en serez plus affectueusement traité par tous les gens de ce pays. Maintenant ne soyez plus stupéfait : ne vous faites plus humilier, car c'est une honte de vous frapper.
— Merci, sire, répondit le paysan. Je suis votre homme[6] et, soirs et matins, aussi longtemps que je vivrai, je le serai. Et je ne m'en repentirai pas. »

Prenant congé, il quitta le roi et retourna tout joyeux chez lui. Il ne fut plus considéré comme un riche manant[7]. Arrivé chez lui, il ne se mit plus derrière sa charrue, et jamais plus sa femme ne fut battue ; il l'aima, plutôt, et la chérit.

C'est ainsi que les choses se passèrent : grâce à sa femme et à sa ruse, il était devenu un bon médecin, sans même faire d'études.

Explicit[8] le fabliau *Le Paysan devenu médecin*.

---

1. **Gingembre :** épice utilisée en cuisine et en médecine.
2. **Zédoaire :** épice proche du gingembre, employée comme stimulant et comme aromatique.
3. **Deniers :** le denier est une monnaie ancienne.
4. **Palefrois :** chevaux de parade ou de promenade.
5. **Destriers :** chevaux de guerre qu'on mène de la main droite (« dextre »). On les monte seulement pour la bataille ou le tournoi.
6. **Je suis votre homme :** être l'homme de quelqu'un (ou « rendre hommage » à quelqu'un) signifie être son vassal, donc à la fois son obligé et son proche.
7. **Manant :** tout homme non noble et tenu de rester (« maner ») dans le même village, sous l'autorité d'un seigneur noble.
8. *Explicit :* voir note 2 p. 23.

Clefs d'analyse
Le Paysan devenu médecin (anonyme)

Action et personnages

1. Déterminez les différentes étapes du récit de ce fabliau plutôt long. Pour chacune d'entre elles, vous indiquerez les personnages qui apparaissent, le lieu de l'action et la nature des événements.

2. Relevez les éléments qui expriment l'opposition entre le paysan riche et la noble fille pauvre tout au long du fabliau.

3. Cherchez les détails qui permettent d'opposer l'univers du paysan (à la campagne) et celui du roi (à la cour).

4. Ce fabliau met en scène des personnages appartenant à l'aristocratie. Repérez-en les titres et les habitudes sociales.

5. Le paysan, qui de prime abord paraissait sot et cruel, se révèle plutôt malin dans la deuxième partie du fabliau. Montrez qu'il agit avec un certain bon sens.

Langue

6. Récrivez le passage où le paysan trouve le moyen de guérir la jeune fille, en le faisant parler à la place du narrateur : « *Le paysan réfléchit à la manière de la guérir : "Je me rends bien compte..."* jusqu'à : *... qu'on eût pu trouver !* » Attention aux changements dans les formes verbales et les pronoms.

7. À l'inverse, mettez au discours indirect le passage où le paysan explique au roi que sa fille est guérie, alors que le roi l'oblige à rester : « *Il lui cria que sa fille était guérie...* jusqu'à : *... chercher au moulin.* »

8. Analysez les verbes des deux derniers paragraphes : donnez-en chaque fois la personne, le temps et le mode.

Genre ou thèmes

9. Quelle est l'image de la femme ? Dans le cas de la fille du chevalier, le mari n'hésite pas à la battre ; pourquoi ? Mais en reste-t-on à cette impression de femme faible et soumise, d'abord à son père, puis à son mari ?

Clefs d'analyse — Le Paysan devenu médecin (anonyme)

10. Comment l'auteur prend-il position par rapport à ses personnages ? Repérez notamment les adjectifs qui montrent le jugement qu'il porte sur eux.
11. Les auteurs de fabliaux ont tendance à caricaturer leurs personnages. Montrez que, ici, tous sont très naïfs. Qui fait exception ? Pourquoi ?

Écriture

12. Un des malades chassés par le faux médecin fait à sa femme un compte rendu de ce qui s'est passé : imaginez ce compte rendu.
13. De retour chez lui, le paysan explique à sa femme ce qui s'est passé : en tenant compte de la conclusion du fabliau (la réconciliation du couple), imaginez le résumé de son aventure et les réactions de sa femme. Sera-t-elle amusée ? satisfaite d'être vengée ? contente de le revoir ?

Pour aller plus loin

14. L'histoire des femmes est souvent oubliée. Faites des recherches sur l'image de la femme au Moyen Âge et sur son rôle dans la société. Trouvez des exemples de femmes qui ont exercé des responsabilités politiques ou culturelles importantes.
15. La maladie et la médecine au Moyen Âge. Intéressez-vous à la formation des médecins : comment devient-on médecin ? comment soigne-t-on ? Quelle est la réputation de cette profession ?

✳ À retenir

Le **conte** est un récit imaginaire situé hors du temps et de l'espace (c'est pourquoi il commence par « Il était une fois… ») ; il plonge le lecteur dans un monde déroutant car différent du monde réel. Le conte relève du genre narratif. Les personnages y sont stéréotypés (le roi, le chevalier…) et soumis à l'action. Le conte comporte presque toujours une intention morale ou didactique.

Fabliaux du Moyen Âge

Les Trois Aveugles de Compiègne (Courtebarbe)

Je vais vous exposer ici le sujet d'un fabliau que je me propose de vous raconter : on considère comme sage le ménestrel[1] qui utilise son expérience pour inventer de beaux textes et de belles histoires, de celles qu'on dit devant les ducs et les comtes. Les fabliaux sont bons à entendre : ils font oublier de nombreux chagrins et de nombreux soucis, de nombreux problèmes et de nombreux dommages.

Courtebarbe a composé ce fabliau : je crois bien qu'il s'en souvient encore.

Il arriva donc, près de Compiègne[2], que trois aveugles marchaient sur un chemin. Avec eux, il n'y avait même pas un serviteur pour les guider ou les conduire, ni même pour leur montrer la route. Chacun d'eux avait son petit hanap[3]. Leurs vêtements étaient très pauvres et ils étaient pauvrement vêtus. C'est de cette manière qu'ils s'en allaient, suivant le chemin vers Senlis[4].

Venant de Paris, un clerc[5] connaissant parfaitement le bien et le mal, possédant écuyer et bête de somme[6], et monté sur un beau palefroi[7], s'approcha des aveugles : en effet il venait à vive allure. Il s'aperçut que personne ne les guidait et, réfléchissant au fait qu'aucun d'eux ne voyait, il se demanda comment ils suivaient leur chemin. Il se dit alors :

« Que mon corps soit accablé par la goutte[8] si je n'arrive pas à savoir s'ils voient quelque chose. »

Les aveugles l'entendirent arriver. Rapidement, ils se poussèrent de côté et s'écrièrent :

---

1. **Ménestrel :** musicien et chanteur ambulant.
2. **Compiègne :** ville de l'actuel département de l'Oise, à 80 kilomètres au nord de Paris.
3. **Hanap :** récipient à boire muni d'un couvercle utilisé ici pour mendier.
4. **Senlis :** ville de l'actuel département de l'Oise, entre Compiègne et Paris.
5. **Clerc :** religieux (voir note 2 p. 27).
6. **Bête de somme :** cheval ou âne qui porte une charge (ici, les bagages).
7. **Palefroi :** voir note 3 page 68.
8. **Goutte :** maladie qui se caractérise par une inflammation douloureuse des articulations.

Les Trois Aveugles de Compiègne

« Faites-nous la charité. Nous sommes plus pauvres que n'importe quelle autre créature : il est bien pauvre celui qui est privé de la vue. »

Souhaitant s'amuser avec eux, le clerc réfléchit rapidement. Il leur dit :

« Voici un besant[1], que je vous donne à vous trois.

– Que Dieu vous en protège, ainsi que la Sainte Croix, dirent-ils tous : voilà un joli don. »

Chacun pensait que c'était son compagnon qui l'avait. Le clerc s'éloigna d'eux aussitôt, puis se dit qu'il voulait voir comment ils allaient se partager ce don. Il descendit rapidement de cheval et écouta attentivement ce que les aveugles disaient et ce dont ils discutaient entre eux. Celui des trois qui avait le plus d'autorité déclara :

« Il ne nous a rien refusé, celui qui nous a donné ce besant : un simple besant représente un beau don. Savez-vous ce que nous allons faire ? demanda-t-il. Nous retournerons vers Compiègne. Il y a bien longtemps que nous n'avons pas joui d'une situation confortable : il est temps que chacun de nous en profite. Compiègne est une ville on l'on ne manque de rien.

– Ce sont là des paroles bien fines, lui répondirent les autres. Puissions-nous avoir déjà passé le pont[2] ! »

Ils retournèrent vers Compiègne dans le même état de pauvreté, mais tout contents, pleins d'entrain et de joie. Le clerc les suivait toujours, et il se dit qu'il les suivrait aussi longtemps que nécessaire pour savoir comment cela finirait. Ils entrèrent dans la ville. Ils écoutèrent et entendirent qu'on criait, dans la ville forte : « Voilà du bon vin nouveau et frais, du vin d'Auxerre et de Soissons, du pain et de la viande, du vin et des poissons ! Il fait bon dépenser son argent ici : on y reçoit tout le monde ! Il fait bon s'héberger chez nous ! » Les aveugles se dirigèrent par-là sans hésitation, entrèrent dans la maison et s'adressèrent au bourgeois[3] : « Écoutez-nous donc, dirent-ils. Ne nous prenez pas pour des gens méprisables parce que notre apparence est si pauvre. Nous voulons une chambre

---

1. **Besant** : monnaie byzantine (d'où son nom), qui se répand en Occident à partir des croisades. D'or ou d'argent, elle avait une forte valeur.
2. **Le pont** : il s'agit du pont-levis, qui marquait l'entrée de la ville ceinte de remparts.
3. **Bourgeois** : terme courant pour désigner l'habitant du bourg, de la ville.

privée[1] : nous vous paierons mieux que des gens plus élégants, lui dirent-ils (ce qui convint à l'autre) : en effet nous voulons être servis en abondance. »

L'hôte pensait qu'ils disaient vrai : des gens comme eux ont beaucoup d'argent. Il fut donc très empressé de les satisfaire. Il les conduisit dans la chambre haute et leur dit :

« Seigneurs, vous pourriez rester ici une semaine tout à fait à l'aise. Il n'y a pas de bonne nourriture en ville que vous ne pourriez avoir ici, si vous le souhaitez.

– Seigneur, reprirent-ils, allez vite : faites-nous en venir en quantité.

– Laissez-moi donc m'en occuper », répondit le bourgeois ; et il les laissa.

Il leur prépara cinq plats entiers, du pain, de la viande, des pâtés[2], des chapons[3] et des vins, uniquement des bons. Et il leur fit monter cela. Il fit aussi mettre du charbon au feu. Ils s'assirent à la meilleure table.

Le serviteur du clerc tira ses chevaux dans l'écurie et se logea là. Le clerc, qui avait de bonnes manières, était bien vêtu, avec élégance, mangea dignement, à la même table que l'hôte, pour le repas de midi et de même pour le dîner, le soir.

À l'étage, les aveugles furent servis comme des chevaliers. Chacun manifestait sa joie, et ils se donnaient du vin l'un à l'autre :

« Tiens, je t'en donne, puis tu m'en donneras : il vient d'une bonne vigne. »

Ne pensez pas que ce fut pénible pour eux ! Jusqu'à minuit, ils furent ainsi dans les plaisirs, librement. Les lits étaient faits : ils allèrent se coucher jusqu'au lendemain, à une heure tardive. Le clerc demeurait toujours là, voulant savoir comment cela finirait pour eux.

L'hôte se leva de bon matin, comme son serviteur ; ils comptèrent alors combien de viandes et de poissons avaient été dépensés. Le serviteur déclara :

« En vérité, le pain, le vin et les pâtés ont coûté plus de dix sous[4], tant ils en ont consommé tous trois. Et le clerc doit cinq sous pour lui-même.

---

1. **Chambre privée** : une chambre isolée ; dans les auberges, on dormait souvent dans la même chambre, voire dans la salle commune.
2. **Pâtés** : plats à base de pâte, comme la tourte ou la quiche.
3. **Chapons** : coqs châtrés et engraissés dont la chair est savoureuse.
4. **Dix sous** : environ 8 centimes d'euro (voir note 1 p. 29).

Les Trois Aveugles de Compiègne

– Je n'aurai pas de difficulté de sa part. Mais monte là-haut et fais-moi payer. »

Sans attendre, le serviteur se rendit dans la chambre des aveugles et leur demanda à tous de s'habiller car son maître voulait être payé. Ils dirent :

« Ne vous inquiétez donc pas : nous le paierons sans aucun problème. Savez-vous, demandèrent-ils, ce que nous devons ?

– Oui, répondit-il : vous devez dix sous.

– Cela les vaut bien. »

Chacun s'était levé, et ils descendirent tous les trois dans la grande salle. Le clerc avait entendu tout cela : il enfilait ses chausses[1] devant son lit. Les trois aveugles s'adressèrent à l'hôte :

« Seigneur, nous avons un besant, et je crois qu'il pèse bien son poids. Rendez-nous donc la monnaie, puisque nous ne voulons plus profiter de vos services.

– Volontiers, répondit l'hôte.

– Que celui qui le possède le lui donne, dit l'un d'eux. Qui l'a ? Bah, moi je ne l'ai pas !

– Robert Barbe-fleurie[2] ne l'a-t-il pas ?

– Je ne l'ai pas, mais c'est vous qui l'avez, je le sais bien.

– Par le cœur de Dieu, moi je ne l'ai pas.

– Mais lequel d'entre nous le possède ?

– Toi !

– Non, toi !

– Payez, ou vous serez battus ! tonna l'hôte. Et vous serez enfermés dans un cloaque[3] infect plutôt que de pouvoir partir d'ici.

– Par Dieu, pitié ! crièrent-ils. Seigneur, nous vous paierons la somme exacte. »

Et ils recommencèrent leur dispute.

« Robert, dit l'un, donnez-lui donc le besant. Vous alliez devant nous : c'est donc vous qui l'avez reçu.

---

1. **Chausses** : sorte de bas qui recouvrent les pieds, la jambe et le genou et montent au moins jusqu'à mi-cuisses. Elles s'attachent grâce à des ficelles aux braies (voir note 3 p. 33) ; les chausses féminines étaient plus courtes (sous le genou).
2. **Barbe-fleurie** : ou Barbe-blanche ; surnom de l'un des trois compères.
3. **Cloaque** : littéralement, un égout ; par extension, un lieu malsain (les prisons de l'époque étaient très insalubres).

– Mais vous qui veniez derrière, cédez-le-lui, car moi je ne l'ai pas.
– Pour l'heure, je suis en bien mauvaise situation, dit l'hôte, puisqu'on se moque de moi. »

Il donna une grande gifle à l'un, puis fit apporter deux gourdins. Le clerc, qui avait fini de s'habiller, s'amusait beaucoup de l'histoire : il s'en abandonnait au rire et au plaisir. Mais quand il vit la dispute, il se dirigea vers l'hôte et lui demanda ce qui se passait, ce que ces gens demandaient. L'hôte expliqua :

« Ils ont consommé pour dix sous de mon bien, entre nourriture et boisson, et ils ne font que me railler. Mais sur ce point, je veux leur donner un avertissement : chacun éprouvera la honte dans son corps.

– Mettez cela sur mon compte, dit le clerc. Je vous dois donc quinze sous. C'est la misère qui engendre des difficultés pour les gens pauvres.

– Très volontiers, dit l'hôte. Vous êtes un clerc honnête et de grande valeur. »

Et les aveugles s'en allèrent quittes.

Et maintenant, écoutez comment le clerc imagina aussitôt un moyen de s'en tirer. On sonnait l'heure de la messe. Il s'approcha de l'hôte et lui parla ainsi :

« Hôte, vous ne connaissez donc pas le curé de l'église ? Ces quinze sous, voudriez-vous lui en faire crédit, s'il voulait vous les rendre lui-même ?

– À ce sujet, je n'ai rien à mettre en doute, répondit le bourgeois. Par saint Sylvestre[1], je ferais crédit pour plus de trente livres à notre prêtre, s'il le souhaitait.

– Dites-vous donc que je serai quitte de ces sous aussitôt que je reviendrai, car je vous ferai payer à l'église. »

L'hôte en donna l'ordre immédiatement à son serviteur, et le clerc ordonna aussi au sien de préparer son palefroi et de faire les bagages pour que tout fût prêt quand il reviendrait. Puis il demanda à l'hôte de l'accompagner : tous deux se rendirent à l'église. Ils pénétrèrent dans le chœur. Le clerc qui devait les quinze sous prit son hôte par le doigt[2] et le fit asseoir près de lui. Puis il lui dit :

---

1. **Saint Sylvestre** : saint et pape.
2. **Prit son hôte par le doigt** : geste de respect affectueux.

Les Trois Aveugles de Compiègne

« Je n'ai pas le temps de rester jusqu'après la messe, mais je vais vous faire une promesse : j'irai dire au curé qu'il vous paie entièrement les quinze sous aussitôt qu'il aura chanté la messe.
– Faites comme vous voulez », répondit le bourgeois, qui le croyait en tout.

Le prêtre, qui allait alors chanter, avait déjà ses vêtements liturgiques[1]. Se plaçant devant lui, le clerc lui adressa adroitement la parole. Il avait l'air d'un homme sincère et n'avait pas le visage déplaisant. Il tira douze deniers de sa bourse et les mit dans la main du prêtre, disant :

« Seigneur, par saint Germain, écoutez-moi un peu. Tous les clercs doivent être amis, c'est pourquoi je m'approche de cet autel. J'ai dormi, la nuit dernière, dans une auberge, chez un bourgeois de grande valeur. Qu'il soit protégé par le doux Jésus, car c'est un homme brave et sans malice. Mais il a été pris hier soir d'une terrible maladie, alors que nous faisions la fête : il a complètement perdu la raison. Grâce à Dieu, il a de nouveau toute sa tête, mais elle lui fait encore mal. Je vous prie donc, après avoir chanté la messe, de lui lire un évangile au-dessus de la tête.

– Par saint Gilles[2], dit le prêtre, je le lui lirai. »

Et s'adressant au bourgeois : « Je ferai cela dès que j'aurai dit la messe.
– Le clerc est donc quitte ; je n'en demande pas plus, dit le bourgeois.
– Seigneur prêtre, je vous recommande à Dieu, dit le clerc.
– Je vous recommande à Dieu, très cher maître. »

Le prêtre se plaça à l'autel et commença à chanter la messe à voix haute. C'était un dimanche et beaucoup de gens étaient venus à l'église. Le clerc, qui était beau et élégant, vint prendre congé de son hôte. Le bourgeois, sans plus attendre, l'accompagna jusque chez lui. Le clerc monta à cheval et prit la route, alors que le bourgeois retournait à l'église aussitôt, très désireux de recevoir ses quinze sous. Il était tout à fait persuadé de les obtenir. Il attendit dans le chœur que le prêtre eut chanté la messe et quitté ses habits liturgiques. Ce dernier, sans attendre, prit le livre et son étole[3]. Puis il l'appela :

« Seigneur Nicole[4], approchez-vous et agenouillez-vous. »

---

1. **Vêtements liturgiques :** habits d'office religieux.
2. **Saint Gilles :** jeu de mots avec « guile », « tromperie », ou « guiler », « tromper ».
3. **Étole :** vêtement liturgique (voir note 1 p. 62).
4. **Nicole :** prénom masculin.

Fabliaux du Moyen Âge

Le bourgeois ne s'était pas réjoui de ces paroles ; aussi répondit-il :
« Je ne suis pas venu pour cela. Payez-moi plutôt mes quinze sous.
– En vérité, il a de nouveau l'esprit égaré, se dit le prêtre. *Nomini*[1]
le Seigneur, venez en aide à l'âme de ce brave homme. Je sais bien qu'il est vraiment fou.
– Écoutez ! dit le bourgeois, écoutez comment ce prêtre me raille maintenant. Peu s'en est fallu que je perde le sens quand il a posé son livre sur moi.
– Mon très cher ami, dit le prêtre, je vais vous dire ceci : quoi qu'il arrive, souvenez-vous toujours de Dieu, et il ne pourra vous arriver malheur. »
Il lui plaça le livre sur la tête, et voulait lui lire l'évangile. Mais le bourgeois prit la parole : « J'ai du travail à faire à la maison et je n'ai cure de tout cela. Donnez-moi plutôt rapidement mon argent. »
Le prêtre était très contrarié. Il appela ses paroissiens, qui se rassemblèrent tous autour de lui. Il leur dit :
« Tenez-moi cet homme. Je sais bien qu'il est vraiment fou.
– Je ne suis pas fou, reprit l'autre, par saint Corneille, et par la foi que je dois à ma fille vous me paierez mes quinze sous. Vous ne vous moquerez plus de moi ainsi.
– Attrapez-le vite », dit le prêtre.
Lui obéissant, les paroissiens le tinrent fort étroitement, lui saisissant les deux mains. Chacun le réconfortait très gentiment, pendant que le prêtre apportait le livre qu'il lui mit sur la tête. Il lui lut l'évangile du début à la fin, l'étole autour du cou (bien qu'il le prît à tort pour un fou), et il l'aspergea d'eau bénite. Le bourgeois aspirait fortement à retourner chez lui. On le lâcha, sans plus le retenir. De sa main, le prêtre fit sur lui le signe de croix, puis il lui dit :
« Vous avez souffert. » Le bourgeois resta silencieux. Il était fâché et tout honteux d'avoir été immobilisé ainsi. Et il fut joyeux quand il put s'échapper, retournant directement chez lui.
Courtebarbe conclut maintenant que c'est souvent à tort qu'on humilie des hommes.
Et je termine là mon histoire.

Explicit[2] le fabliau *Les Trois Aveugles de Compiègne.*

---

1. *Nomini :* mot latin signifiant « au nom (du Seigneur) ».
2. *Explicit :* voir note 2 p. 23.

Clefs d'analyse

Les Trois Aveugles de Compiègne (Courtebarbe)

Action et personnages

1. Combien de parties peut-on distinguer dans ce fabliau ? Pourquoi le titre pose-t-il un problème ?

2. Quels sont les lieux où se déroule l'histoire ? À chacun d'eux, associez un personnage et une action. Quels sont les personnages qui ne sont pas clairement associés à un lieu précis ? Pourquoi ?

3. Faites le portrait du clerc qui manipule tous les autres personnages. Nuancez votre jugement.

4. Le titre ne distingue pas les trois aveugles les uns des autres ; ne peut-on pas donner à chacun d'eux une personnalité et un caractère particuliers ? Quelles sont néanmoins leurs caractéristiques communes (hormis leur handicap) ?

Langue

5. Les aveugles sont privés de la vue, mais leurs autres sens sont en éveil : classez les principales notations concernant le goût, l'odorat, le toucher, l'ouïe.

6. Cherchez les sens du mot « clerc ». Lequel pourrait s'appliquer le mieux au personnage du fabliau ?

7. Le récit est essentiellement raconté au passé. Néanmoins, de nombreux verbes sont au présent. Distinguez les emplois et les valeurs de ces présents.

Genre ou thèmes

8. Quelle image l'auteur cherche-t-il à donner de lui ? Relisez les deux premiers paragraphes du fabliau et faites le portrait de l'auteur : comment considère-t-il son métier ? Où a-t-il signé son texte ?

9. L'auberge est un des lieux privilégiés des personnages de fabliaux. Qu'apprend-on de son fonctionnement grâce à ce récit ?

10. Quelles sont les idées reçues que les personnages (le clerc, puis l'aubergiste) développent sur les aveugles ?

Clefs d'analyse — Les Trois Aveugles de Compiègne (Courtebarbe)

11. À quel personnage le lecteur va-t-il s'identifier ? Lequel a le rôle le plus agréable et le plus plaisant ?

Écriture

12. Imaginez que l'aubergiste ait le temps de raconter toute l'aventure au prêtre de la paroisse : faites le récit selon son point de vue.
13. « C'est souvent à tort qu'on humilie les hommes. » Telle est la conclusion du récit. Pourquoi cette conclusion ? Donnez plusieurs arguments qui la justifient.
14. En quelques phrases, faites le portrait du clerc selon la perception qu'ont eue de lui les aveugles. Refaites l'exercice du point de vue de l'aubergiste. Que remarquez-vous et pourquoi ?

Pour aller plus loin

15. L'aveugle a fasciné les hommes du Moyen Âge. Faites une recherche sur la place de l'aveugle dans la société médiévale et sur ses nombreuses apparitions dans la littérature.
16. Autrefois, le vin avait une grande importance dans l'alimentation, et la vigne était cultivée à peu près dans toute la France (et même plus au nord, en Angleterre). Faites une recherche sur la vigne et le vin au Moyen Âge, dans la société et dans la littérature.

> ### ✻ À retenir
> Courtebarbe est un surnom courant chez les **ménestrels** et cet auteur reste inconnu. Mais tous ceux qui sont capables d'écrire des fabliaux se présentent comme sages, savants et habiles. Ils possèdent bien leur **métier** et disent travailler à partir d'une source écrite (peut-être fictive) qui fournit la matière de leur conte. Les effets comiques ou l'efficacité du récit attestent le talent de ces auteurs.

Le Paysan qui conquit le paradis en plaidant (anonyme)

Nous trouvons écrite une aventure extraordinaire qui arriva jadis à un paysan.

Il était mort un vendredi matin, et l'aventure qui lui arriva c'est que ni ange ni diable ne se présentèrent à l'heure où il mourut : son âme quitta son corps et elle ne trouva personne pour lui demander ou lui ordonner quoi que ce soit. Sachez que cette âme, qui était très craintive, en fut très heureuse. Elle regarda à droite vers le ciel, et elle vit l'archange saint Michel[1], emportant une âme fort réjouie. C'est pourquoi elle se dirigea vers lui. Elle le suivit si bien, à ce qu'il me semble, qu'elle entra au paradis. Gardant l'entrée, Saint Pierre[2] reçut l'âme que l'ange portait, et quand cette âme fut reçue, il revint vers la porte.

Il y trouva l'âme du paysan, qui était toute seule. Il lui demanda qui la conduisait :

« Ici, personne ne peut rester sans qu'un jugement ait été prononcé. Et surtout, par saint Alain, nous ne nous soucions pas des paysans, car aucun paysan ne vient en ce lieu.

– Il ne peut y avoir plus vilain[3] que vous, répondit l'âme, cher seigneur saint Pierre. Vous avez toujours été plus dur que la pierre. Par le sacré « Notre Père[4] », Dieu a été fou quand il a fait de vous son apôtre. Il en sera peu honoré puisque vous avez renié notre Seigneur : votre voix était bien faible quand vous l'avez renié trois fois[5]. Si vous vous réclamez de lui ainsi, le paradis ne vous

---

1. **Saint Michel** : saint chargé de transporter les âmes des élus vers le paradis.
2. **Saint Pierre** : traditionnellement, ce saint garde les clefs et les portes du paradis. Voir aussi note 1 p. 69.
3. **Vilain** : jeu sur les deux sens du mot « vilain », qui désigne à la fois un paysan et quelqu'un de mauvais.
4. **Notre Père** : prière traditionnelle chrétienne tirée des paroles mêmes de Jésus, d'après l'Évangile.
5. **Renié trois fois** : allusion à un passage de l'Évangile où, trois fois de suite, saint Pierre fait semblant de ne pas connaître Jésus.

Fabliaux du Moyen Âge

convient pas : sortez-en, et vite, traître ! Et moi je dois bien y rester, en toute justice. »

Saint Pierre en ressentit une bizarre honte, et il se retira rapidement. Rencontrant saint Thomas[1], il lui raconta immédiatement toute sa mésaventure, sa contrariété et ses ennuis. Saint Thomas lui dit :

« J'irai le trouver. Il ne restera pas ici, à Dieu ne plaise ! »

L'apôtre s'approcha du lieu où se trouvait le paysan et il lui dit ceci :

« Paysan, cet endroit est à nous sans aucun conteste, ainsi qu'aux martyrs[2] et aux confesseurs de la foi[3]. Où penses-tu avoir fait le bien pour croire que tu resteras ici ? Tu ne peux pas y demeurer car c'est la maison des fidèles.

– Thomas, Thomas, vous êtes trop rapide à répondre comme un homme de loi. N'êtes-vous pas celui qui avait parlé aux autres apôtres, comme tout le monde le sait, alors qu'ils avaient vu notre Dieu après la résurrection : vous avez juré que vous n'y croiriez pas, à moins de toucher ses plaies. Vous avez été infidèle et mécréant. »

Saint Thomas fut alors vaincu par cette accusation ; il baissa la tête. Il se dirigea vers saint Paul[4] et lui raconta sa mésaventure. Saint Paul déclara :

« Par ma tête, j'y vais ! Je verrai s'il me répond ! »

L'âme ne craignait pas de ne pas se cacher : elle se réjouissait, au bas du paradis.

« Âme, dit saint Paul, qui te conduit ? Où as-tu fait ces actions méritoires qui t'ont ouvert la porte du paradis ? Laisse le paradis, paysan menteur !

– Quoi ? dit-il, maître Paul le colérique ? Êtes-vous donc si pressé, vous qui avez été un horrible persécuteur ? Il n'y aura personne

---

1. **Saint Thomas :** un des apôtres, que les Évangiles montrent doutant de la résurrection du Christ.
2. **Martyrs :** un martyr est un chrétien qui sacrifie sa vie en témoignage de sa foi. Le martyre est le supplice enduré.
3. **Confesseurs de la foi :** les saints.
4. **Saint Paul :** l'apôtre des païens, auteur de plusieurs lettres bibliques (épîtres). Lui aussi a d'abord douté avant de se convertir au christianisme ; il a même persécuté les premiers chrétiens. Il est souvent question de lui dans les fabliaux.

Le Paysan qui conquit le paradis en plaidant

de plus cruel que vous ! Saint Étienne[1], que vous avez fait lapider, l'a payé cher. Je peux bien raconter votre vie : à cause de vous, de nombreux justes sont morts. Dieu vous a donné, alors que vous étiez à cheval, une gifle de sa main courroucée[2]. Ce marché et cet accord[3], ne l'avons-nous pas célébré ? Eh bien, quel saint et quel théologien ! Pensez-vous que je ne vous connaisse pas ? »

Saint Paul en fut tout angoissé. Il s'éloigna rapidement. Il rencontra saint Thomas, en pleine concertation avec saint Pierre. Il lui raconta à l'oreille comment le paysan l'avait dominé.

« En ce qui me concerne, il a conquis le paradis : je le lui accorde ! »

Et tous trois s'en allèrent déclarer la chose à Dieu.

Saint Pierre lui raconta toute l'histoire du paysan qui lui avait fait honte :

« Il nous a vaincus par ses propos. Moi-même, je suis si confus que je ne reviendrai plus jamais là-dessus. »

Notre Seigneur répondit :

« J'irai moi-même, car je veux entendre ce récit. »

Il alla auprès de l'âme, l'interpella et lui demanda comment il se faisait qu'elle fût arrivée là sans permission.

« Ici, aucune âme, qu'elle soit masculine ou féminine, n'est jamais entrée sans autorisation. Tu as critiqué mes apôtres, les humiliant et les outrageant, et tu penses rester ici ?

– Seigneur, je dois bien y demeurer comme eux, puisque j'ai le droit pour moi. Moi je ne vous ai jamais renié ; je n'ai pas douté de votre personne ; et il n'y a pas eu de mort à cause de moi. C'est pourtant ce que vos apôtres ont fait jadis, et ils sont quand même au paradis maintenant. Aussi longtemps que mon corps a vécu dans le monde, il a mené une vie saine et pure. J'ai donné de mon pain aux pauvres ; je les ai hébergés soirs et matins ; je les ai réchauffés à mon feu ; je les ai soignés jusqu'à leur mort et je les

---

1. **Saint Étienne** : premier martyr chrétien mort par lapidation, au supplice duquel Paul assista.
2. **Courroucée** : en colère.
3. **Accord** : Paul s'est converti brutalement, tombant de cheval, comme s'il avait été renversé par une gifle. Cette gifle donnée par Dieu scelle l'accord entre saint Paul et lui.

ai fait enterrer à l'église ; je ne les ai pas laissé manquer de braies[1]
ou de chemise. Je ne sais pas si j'ai agi sagement, mais je me suis
confessé sincèrement, et j'ai reçu votre corps dignement. Si l'on
meurt ainsi, nous dit-on dans les sermons, on est pardonné par
Dieu de ses péchés.

Vous savez bien que j'ai dit vrai. Je suis entré sans opposition ici ;
puisque j'y suis, pourquoi m'en irais-je ? Je contredirais vos paroles
puisque vous avez décidé de manière sûre que celui qui entre ici
ne s'en irait pas. Vous mentiriez donc pour moi ?

– Paysan, dit Dieu, je te l'accorde. Tu as si bien parlé du paradis
que tu l'as obtenu en plaidant. Tu as été à bonne école : tu sais
bien parler et mettre ton discours en avant. »

Le paysan dit, dans son proverbe[2] que maintes gens qui se plaignaient à tort, ont eu raison en plaidant. Par un tour d'adresse, on peut fausser le droit ; la fausseté a vaincu la nature. L'injustice se développe et attaque la justice. *Ingéniosité vaut mieux que force[3]*.

Explicit[4] le fabliau *Le Paysan qui conquit le paradis en plaidant.*

---

1. **Braies :** sorte de caleçon long qui se portait sous les vêtements.
2. **Dans son proverbe :** les paysans sont censés utiliser beaucoup de proverbes.
3. *Ingéniosité vaut mieux que force :* proverbe.
4. *Explicit :* voir note 2 p. 23.

Clefs d'analyse
Le Paysan qui conquit le paradis en plaidant (anonyme)

Action et personnages

1. Les différentes rencontres du paysan au paradis sont autant d'étapes du récit. Résumez chacune d'elles en quelques phrases.
2. À l'intérieur de chacune des rencontres, par quelles phases passent les différents saints ? Quels sont les sentiments qu'ils éprouvent successivement ?
3. Avec quel caractère apparaît le personnage de Dieu ? Montrez que son portrait est moins caricatural et plus respectueux que celui des autres personnages.

Langue

4. Relevez les adjectifs ou les substantifs par lesquels le paysan qualifie successivement ses interlocuteurs. Sont-ils péjoratifs ou laudatifs ?
5. Récrivez le deuxième paragraphe en faisant parler le paysan : « Je suis mort un vendredi matin… »
6. Relevez les différentes questions du texte. Classez-les en fonction des catégories exposées dans la rubrique « À retenir » : interrogation directe ou indirecte, partielle ou totale. Quels sont les termes grammaticaux qui les introduisent ?

Genre ou thèmes

7. Quels sont les arguments des saints pour refuser à l'âme du paysan son entrée au paradis ? Quelle est leur attitude vis-à-vis de ce personnage socialement inférieur ?
8. En face d'eux, les arguments du paysan apparaissent comme redoutables : comment s'y prend-il pour déstabiliser ses interlocuteurs ?
9. Selon le dernier paragraphe, quel est l'avis de l'auteur sur la justice et le droit ?
10. Les répliques sont-elles équilibrées en longueur entre l'âme du paysan et la parole des apôtres ? Comment fonctionne le dialogue alors ? Qui a le dernier mot et qui domine dans l'affrontement ?
11. Ce texte comporte une bonne dose d'humour. Qu'est-ce qui est susceptible de faire rire le lecteur ? Pourquoi ?

Clefs d'analyse Le Paysan qui conquit le paradis en plaidant (anonyme)

Écriture

12. Pour compléter le portrait des apôtres et des saints qui apparaissent dans ce fabliau, faites des recherches sur leurs noms. Pour chacun, rédigez un petit portrait citant les actions qu'on lui attribue.

13. La rhétorique est l'art d'argumenter sur toutes sortes de sujets. Trouvez cinq arguments pour et cinq arguments contre les devoirs que vous devez faire en cours. Équilibrez vos réponses dans les deux cas.

14. Imaginez le récit d'un accident raconté par deux témoins qui ont des avis complètement divergents.

Pour aller plus loin

15. Le thème du Jugement dernier est souvent choisi par les sculpteurs et les illustrateurs du Moyen Âge : il met en scène les personnages présents dans ce fabliau. Trouvez-en des représentations imagées.

16. Le fabliau est, en quelque sorte, une scène de jugement. Quelles autres scènes de procès connaissez-vous ? Citez des œuvres littéraires ou cinématographiques.

17. On a souvent rapproché les farces des fabliaux. Utilisez une encyclopédie pour définir et comparer ces deux types de textes : montrez ce qui les rapproche et ce qui les différencie.

> ✳ **À retenir**
>
> Une question peut être posée **directement** (« Qui le conduit ? ») ou **indirectement** (« Je verrai s'il me répond »). L'interrogation peut être **totale** (réponse par « oui », « si » ou « non ») ou **partielle**. Le plus souvent, l'interrogation sert à **obtenir un renseignement**. Elle peut aussi exprimer un avertissement, un doute, servir d'interpellation, avoir valeur de politesse, ressembler à une accusation...

Le Boucher d'Abbeville
(Eustache d'Amiens)

Seigneurs, écoutez ce récit merveilleux que je vais exposer et raconter pour vous, car jamais vous n'en avez entendu de semblables. Mettez tout votre cœur à l'écouter : une parole que personne n'entend, sachez-le bien, elle est perdue.

À Abbeville[1], il y avait un boucher qui était très cher à ses voisins : il n'était ni méchant ni médisant, mais sage, courtois et de valeur, et il faisait bien son métier. Il rendait souvent de grands services à des voisins pauvres et dans le besoin. Il n'était ni avare ni envieux.

Vers la fête de la Toussaint[2], il arriva que le boucher se rendît au marché d'Oisemont[3] pour acheter des bêtes, mais il gâcha son voyage car il y trouva les bêtes très chères ; les marchands y étaient cruels et violents, laids et de mauvaise mine. Il ne put pas conclure de marché avec eux. Il avait bien peu profité de son déplacement et il n'investit là pas le moindre denier[4]. Après la dispersion du marché, il s'en retourna, s'employant bien à marcher rapidement. Il portait son surcot[5] par-dessus son épée car le soir était proche.

Écoutez comment il agit. Il fit nuit lorsqu'il fut à Bailleul[6], à mi-chemin de sa maison. Parce qu'il était tard, il faisait très sombre et il pensa que, pour ce jour-là, il n'irait pas plus loin et qu'il s'hébergerait dans la ville. Il redoutait que de mauvaises gens ne lui prennent son argent (il en avait en grande quantité). À l'entrée d'une maison, il trouva une pauvre femme, qui se tenait debout. Il la salua, lui disant ceci :

---

1. **Abbeville** : ville du département de la Somme, en Picardie.
2. **Toussaint** : fête de tous les saints qui a lieu le 1ᵉʳ novembre dans le calendrier religieux chrétien.
3. **Oisemont** : ville de la Somme, à 25 kilomètres d'Abbeville.
4. **Denier** : monnaie ancienne.
5. **Surcot** : pièce de vêtement de dessus ressemblant à une blouse ou à une tunique longue.
6. **Bailleul** : ville à 11 kilomètres d'Oisemont.

Fabliaux du Moyen Âge

« Y a-t-il dans cette ville quelque chose à vendre, de quoi dépenser son argent et reposer son corps, car jamais je n'ai aimé dépendre d'autrui ? »

La brave dame lui répondit :

« Seigneur, par Dieu qui a créé le monde, comme le dit mon mari, le seigneur Milon, il n'y a pas de vin dans cette ville, à part chez notre prêtre, le seigneur Gautier. Il a deux tonneaux sur ses chantiers[1], qui lui viennent de Nogentel[2]. Il a toujours du vin en tonneau. Allez chez lui pour vous héberger.

– Madame, j'y vais sans plus attendre, dit le boucher. Que Dieu vous sauve !

– Ma foi, seigneur, que Dieu vous protège. »

Sans attendre plus longtemps, le boucher quitta le lieu. Il arriva à la maison du prêtre. Le curé était assis sur le seuil, et il était tout bouffi d'un orgueil démesuré. L'autre le salua et lui demanda :

« Cher seigneur, que Dieu vous aide ! Hébergez-moi, par charité : vous ferez là une œuvre bonne et honorable.

– Mon brave, répondit-il, que Dieu lui-même vous héberge ! En effet, par la foi que je dois à saint Herbert[3], un laïc ne dormira pas une nuit chez moi. Il y aura bien quelqu'un pour vous accueillir dans la ville, là en bas, pour que vous puissiez vous loger. Mais je vous ferais savoir clairement que vous ne dormirez pas dans mon logis. D'autres gens ont trouvé à se loger là, mais ce n'est pas l'habitude pour un prêtre de faire dormir un paysan chez lui.

– Un paysan, seigneur ! Qu'avez-vous dit ? Méprisez-vous les laïcs ?

– Oui, répondit l'autre, et j'ai raison. Passez au-delà de ma maison. Il me semble que vous vous moquez de moi.

– Ce n'est pas le cas, seigneur. Mais vous me feriez l'aumône si cette nuit, vous me prêtiez de quoi me loger, car je ne peux pas trouver un hébergement comme celui-ci. Je sais parfaitement comment dépenser mon argent : si vous voulez me vendre ce service,

---

1. **Chantiers** : ici, madriers de bois qui supportent les tonneaux dans une cave.
2. **Nogentel** : petite ville de Picardie (aujourd'hui dans le département de l'Aisne), où l'on produisait alors du vin.
3. **Saint Herbert** : ami de l'évêque Cuthbert, il vivait sur une île au beau milieu d'un lac ; les deux compères prièrent intensément, dit-on, pour rendre l'âme ensemble : en 687, leur vœu fut exaucé.

Le Boucher d'Abbeville

je vous le louerais volontiers, et je vous en saurais gré, car je ne veux pas que mon séjour vous coûte quoi que ce soit.

– Il vaudrait mieux pour toi que tu te casses la tête sur cette pierre dure, répondit le curé. Par saint Pierre[1], tu ne dormiras pas chez moi !

– Que les diables puissent y demeurer, reprit le boucher ! Chapelain insensé : vous êtes un mauvais coquin ! »

Il partit alors, sans rien ajouter, tout rempli d'une forte colère. Mais écoutez ce qui lui arriva.

Quand il fut parvenu hors de la ville, devant une maison abandonnée, dont les chevrons[2] étaient à terre, il croisa un grand troupeau de moutons. Et, par Dieu, écoutez donc cette merveille ! Il s'adressa au berger, qui avait gardé de nombreuses vaches et de nombreux taureaux dans sa jeunesse :

« Berger, que Dieu te comble de joie ! À qui appartient tout cela ?

– Seigneur, au prêtre.

– Par Dieu, reprit l'autre, est-ce possible ? »

Écoutez donc comment le boucher agit. Il emporta un mouton, si discrètement que le berger ne s'en aperçut pas : il le trompa d'une très belle manière ! Il le jeta aussitôt sur ses épaules puis, par une rue écartée, il retourna à la porte de chez le prêtre, cet homme qui était particulièrement méchant, juste au moment où il allait la fermer. Et celui qui apportait le mouton lui déclara :

« Seigneur, que notre Dieu, dont la puissance et la volonté s'imposent à tous les hommes, vous apporte le salut ! »

Le curé lui rendit sa salutation, et il lui demanda aussitôt :

« D'où es-tu ?

– Je suis d'Abbeville. Je suis allé au marché d'Oisemont : je n'y ai acheté que ce mouton, mais sa croupe est bien grasse. Si vous me logez cette nuit (vous êtes à l'aise sur ce sujet), je ne suis ni avare ni pingre, cette nuit même, sera mangée la viande de ce mouton, à votre bon plaisir, car j'ai eu du mal à l'apporter jusqu'ici. »

Le curé pensa qu'il disait vrai. Il était très avide du bien d'autrui. Il aimait mieux un mort que quatre vivants ! Il répondit de cette manière, à ce qu'il me semble :

---

1. **Saint Pierre :** patron de l'Église et des papes (voir aussi note 1 p. 69).
2. **Chevrons :** ici, poutres qui soutiennent le toit.

Fabliaux du Moyen Âge

« Oui, certes, très volontiers. Et même si vous étiez accompagné de deux autres, vous auriez un logement à votre gré. Jamais personne ne m'a trouvé trop lent pour agir courtoisement et honorer quelqu'un. Vous me paraissez très distingué ; dites-moi, comment vous appelez-vous ?

– Seigneur, par Dieu et par son nom, je m'appelle David ; j'ai ainsi été justement baptisé, au moment de recevoir l'huile et le chrême[1]. Je suis fatigué du chemin que j'ai fait : par ma foi, que notre Seigneur n'accueille jamais en son paradis celui à qui a appartenu cette bête ! Mais il est temps de s'approcher du feu. »

Ils se rendirent alors à l'intérieur, où le feu brûlait déjà. Le boucher déposa la bête, puis il regarda autour de lui et demanda une cognée[2]. On la lui apporta rapidement. Il tua le mouton, l'écorcha, en jeta la peau sur un banc, et le suspendit devant eux.

« Seigneur, approchez-vous ! Pour l'amour de Dieu, regardez comme ce mouton a bien profité, voyez comme il est gras et vigoureux. Son poids a bien pesé sur moi, de l'avoir porté d'aussi loin. Faites-en maintenant ce que vous voulez : cuisez les épaules en les rôtissant, faites-en remplir un pot pour vos serviteurs... Sans vouloir insulter personne, il n'y a jamais eu de plus belle viande. Faites-la cuire sur le feu : voyez comme elle est tendre et pleine. Avant que la sauce en soit prête, elle sera tout à fait cuite.

– Cher hôte, faites selon votre envie ; je m'en remets à vous sur ce point.

– Faites dresser la table.

– Elle est prête. Il ne reste plus qu'à se laver les mains et à allumer des chandelles. »

Mes seigneurs, je ne vous mentirai pas : le curé avait une amie dont il était si jaloux qu'il la gardait dans sa chambre toutes les nuits où il recevait un hôte. Mais cette nuit-là, il la fit dîner joyeusement avec son hôte. Ils furent généreusement servis en bonne viande et en bon vin. On prépara un lit au boucher, avec des draps blancs, en lin : il prit là beaucoup de plaisir...

Le curé appela sa servante et lui dit :

---

1. **L'huile et le chrême :** deux onguents indispensables au sacrement de baptême chrétien.
2. **Cognée :** sorte de hache.

Le Boucher d'Abbeville

« Je t'ordonne, ma chère sœur, que notre hôte se sente bien, qu'il se trouve en agréable situation et qu'il n'ait rien pour lui déplaire. »

Puis ils allèrent se coucher tous deux, lui et la dame, à ce qu'il me semble, alors que le boucher restait près du feu. Il n'avait jamais été si bien : on l'avait bien installé et on lui avait fait bon accueil.

« Ma chère sœur, dit-il, approche-toi ; viens plus près d'ici et parle-moi. Considère-moi comme ton ami : tu pourras en retirer du profit.

– Hôte, taisez-vous ! N'en dites pas plus ! Je n'ai pas appris à agir de cette manière.

– Par Dieu, il faut que tu l'apprennes maintenant, à la suite de la promesse que je vais te faire.

– Dites-la donc : je l'écouterai.

– Si tu veux agir en fonction de mon plaisir, de ma volonté et de mon désir, par Dieu que j'appelle de tout mon cœur, tu obtiendras la toison de mon mouton.

– Cher hôte, ne dites plus cela ! Vous n'êtes pas un saint ermite pour me demander une telle chose[1] : vous vous employez au mal. Dieu merci, vous êtes sot ! Si j'agissais pour votre bon plaisir (ce que je n'ose faire), vous le diriez demain à ma maîtresse.

– Chère sœur, comme je demande à Dieu de se préoccuper de mon âme, je vous promets que, de ma vie, je ne dirai rien et que je ne vous accuserai de rien. »

Elle lui promit donc d'agir comme il le voulait toute cette nuit-là, jusqu'à ce que le jour parût. Elle se leva, alluma le feu, rangea la cuisine puis alla traire ses bêtes.

Alors le prêtre se leva le premier. Lui et son clerc se rendirent à l'église pour chanter et accomplir leur service. La dame resta dormir. Leur hôte se vêtit aussitôt, enfila ses chausses sans attendre car c'était vraiment le bon moment. Sans s'attarder, il se rendit chez la dame, pour prendre congé. Il tira le loquet et ouvrit la porte. La dame se réveilla, ouvrit les yeux et vit son hôte, debout devant son lit, près du bord. Elle lui demanda alors d'où il venait et pourquoi il se trouvait là. Il répondit :

---

1. **Vous n'êtes pas un saint ermite pour me demander une telle chose :** l'expression est ironique ici, car, quelles que soient les demandes d'un ermite, celui-ci ne songe pas au péché.

Fabliaux du Moyen Âge

160 « Madame, je vous remercie. Vous m'avez hébergé selon ma volonté et vous m'avez manifesté un bon accueil. »

Il s'avança alors vers le chevet. Il plaça la main sur l'oreiller et tira le drap vers lui. Il vit la gorge blanche et belle, la poitrine, les mamelles ! Et il s'écria :

165 « Ah Dieu ! Je vois des miracles ! Sainte Marie, saint Remacle[1], comme ce curé est bienheureux, de coucher nu aux côtés d'une telle dame ! Que me vienne en aide saint Honoré[2], ce serait un grand honneur pour un roi ! Si j'avais la permission de pouvoir me coucher un peu là, j'en serais comblé et réconforté.

170 – Cher hôte, ce que vous dites n'est pas convenable. Par saint Germain[3], allez-vous-en, ôtez votre main. Le père aura fini de chanter. Il se sentirait bien trompé s'il vous trouvait dans sa chambre. Il ne m'aimerait plus jamais et vous m'auriez ruinée et tuée ! »

L'autre la réconforta très gentiment, disant :

175 « Madame, grâce à Dieu, je ne bougerai pas d'ici, pour aucun homme sur terre. Même si le curé revenait ici, pour peu qu'il dise une parole injurieuse ou folle, je le tuerais aussitôt. Mais accordez-moi donc ce que je vous demande : faites ce que je vais vous réclamer, et je vous donnerai la peau lainée de mon mouton, et une 180 grande quantité d'argent.

– Seigneur, je n'en ferai rien, parce que je vous sens assez insensé pour le dire partout demain.

– Madame, dit-il, je vous le jure : aussi longtemps que je resterai en vie, je ne le dirai ni à un homme ni à une femme, par tous les 185 saints qui sont à Rome ! »

Il lui en dit et lui en promit tant, que la dame lui céda et que le boucher se rassasia. Quand il eut pris son plaisir, il s'en alla, ne souhaitant plus rester : il se rendit à l'église, où le prêtre avait commencé une lecture avec son clerc. Comme il disait *Jube Domne*[4], voilà le 190 boucher qui entre dans l'église. Il dit :

---

1. **Saint Remacle** : saint du VIIe siècle, premier abbé de l'abbaye de Solignac (en Limousin) et de Stavelot-Malmedy (actuellement en Belgique).
2. **Saint Honoré** : évêque d'Amiens, en Picardie (mort vers 600), mais célébré à partir du XIe siècle.
3. **Saint Germain** : évêque de Paris, au VIe siècle.
4. *Jube Dom(i)ne* : en latin, « Commande, Seigneur ».

Le Boucher d'Abbeville

« Seigneur, je vous remercie : vous m'avez accueilli comme je le souhaitais. Je me loue des bonnes manières que vous m'avez montrées. Mais je vous demande une chose que je vous prie de faire : que vous achetiez la toison de mon mouton. Ainsi, vous me délivreriez d'un grand poids : il y a là pour au moins trois livres[1] de laine. Que Dieu me sauve, c'est de la très bonne qualité : elle vaut trois sous[2], mais vous l'aurez pour deux, et je vous en serai vraiment reconnaissant.

– Cher hôte, je l'achèterai volontiers, par amour pour vous. Vous êtes un bon et honnête compagnon. Revenez me voir souvent. »

Et l'autre lui vendit la même peau de mouton, puis il prit congé et s'en alla.

La dame se leva alors, elle si jolie et mignonne... Elle revêtit une cotte[3] verte, toute plissée, avec une traîne : elle en avait relevé les pans à la ceinture, par coquetterie. Ses yeux étaient clairs et rieurs. Elle était aussi belle et plaisante que possible. Elle s'était assise sur son siège. De son côté, sans attendre, la servante s'approcha de la peau de mouton ; elle voulut s'en saisir lorsque la dame le lui défendit, lui disant :

« Oh là ! Dis-moi donc : qu'as-tu à faire de cette peau ?

– Madame, je vais m'en occuper. Je vais la porter au soleil pour en faire suer le cuir[4].

– Tu n'en feras rien. Laisse-la tranquille : elle traînerait trop sur le passage. Fais plutôt ce que tu as à faire.

– Madame, reprit l'autre, je n'ai rien d'autre à faire. Je me suis levée plus matin que vous : ma foi, contre votre volonté, vous devriez bien en parler.

– Pousse-toi de là : laisse cette peau où elle est. Garde-toi bien de la toucher encore, ou même de t'en occuper.

– Au nom de Dieu, Madame, je vais m'en occuper : je vais même ne faire que cela, comme si elle m'appartenait.

– Tu dis donc qu'elle est à toi ?

– Oui, parfaitement, c'est ce que je dis !

---

1. **Livres :** la livre est une unité de masse valant, selon les lieux, entre 330 et 550 grammes.
2. **Sous :** voir note 1 p. 29.
3. **Cotte :** longue tunique portée par les femmes et les hommes.
4. **Pour en faire suer le cuir :** pour qu'elle sèche.

Fabliaux du Moyen Âge

— Laisse cette peau, allez ! Et va te pendre ou te perdre dans la fosse d'aisance[1] ! Que tu deviennes si orgueilleuse commence à bien m'agacer. Mauvaise femme[2], voleuse, pouilleuse. Pars tout de suite ; quitte ma maison !

— Madame, vous dites n'importe quoi en m'insultant au sujet de ce qui m'appartient. Elle est à moi, que vous le juriez ou non sur des reliques[3] !

— Cependant, quitte cette maison, allez ! Et va te noyer ! Je n'ai pas besoin de tes services : tu es trop insolente et sotte. Même si le père l'avait promis, il n'y aurait pas de protection pour toi ici : j'ai maintenant de la haine contre toi.

— Qu'il soit complètement maudit, celui qui se mettra maintenant à votre service. Mais j'attendrai que le père revienne pour m'en aller, et je me plaindrai de vous auprès de lui.

— Tu te plaindras, mauvaise femme ? Vieille imbécile ! Puante ! Voleuse ! Bâtarde !

— Bâtarde ! Madame, vous médisez ! Les enfants que vous avez eus avec le prêtre, sont-ils bien légitimes ?

— Par la Passion de Jésus ! Lâche cette peau ou tu le paieras !

— Par les saints du Paradis, il vaudrait mieux pour vous être à Arras[4] ou même à Cologne[5]. »

La dame prit alors sa quenouille[6] et lui en donna un coup. L'autre cria :

« Par la vertu de sainte Marie, c'est pour votre malheur que vous m'avez battue à tort. La peau vous sera vendue très cher, avant que je ne meure de ma belle mort. »

Elle se mit alors à pleurer et à pousser des cris perçants. Le prêtre entra dans la maison au milieu de cette dispute bruyante. Il demanda :

« Qu'est-ce ? Qui t'a fait cela ?

— Ma maîtresse, seigneur, sans que j'aie rien fait de mal.

---

1. **La fosse d'aisance :** les toilettes.
2. **Mauvaise femme :** littéralement, « courtisane » (voir note 5 p. 22).
3. **Reliques :** les restes d'un saint (parties de son corps ou objets lui ayant appartenu).
4. **Arras :** ville de Picardie, à 95 kilomètres d'Abbeville, donc loin.
5. **Cologne :** ville d'Allemagne, à 450 kilomètres d'Abbeville, donc très loin.
6. **Quenouille :** bâton qui servait à filer la laine.

Le Boucher d'Abbeville

– Sans que tu aies rien fait de mal, vraiment ? Ce n'est pas pour rien qu'elle t'a fait honte ainsi.

– Par Dieu, seigneur, c'était à cause de cette peau, qui pend là près de ce feu. Cher seigneur, vous m'avez ordonné hier soir, au moment d'aller vous coucher, que votre hôte, le seigneur David, prenne tout le plaisir qu'il voudrait, et j'ai agi selon votre ordre. Il m'a vraiment donné cette peau : je jurerais sur des reliques que je l'ai parfaitement bien servi. »

Le curé écoutait : il se rendit compte, par les paroles qu'elle prononçait, qu'elle avait été abusée par son hôte et que c'était pour cela qu'il lui avait donné la peau de mouton. Il en fut extrêmement fâché, mais il n'osa pas exprimer ce qu'il en pensait. Il dit à sa femme :

« Ma dame, Dieu me sauve, mais vous avez entrepris là une bien mauvaise affaire. Vous avez bien peu de considération et de crainte pour moi, vous qui battez les gens de ma maison.

– Mais c'est parce qu'elle veut s'approprier ma peau de mouton. Seigneur, si vous connaissiez la vérité, la honte qu'elle m'a faite en s'adressant à moi pour me reprocher vos enfants, vous lui refuseriez tout mérite. Vous vous conduisez bien mal en supportant qu'elle m'insulte et qu'elle me déshonore par ses railleries. Je ne sais pas ce qu'il adviendra d'elle, mais ma peau de mouton ne lui reviendra pas : j'affirme qu'elle n'est absolument pas à elle.

– Et à qui est-elle donc ?

– Ma foi, elle est à moi.

– À vous, vraiment ! Et pour quelle raison ?

– Notre hôte a dormi dans notre maison, sur une couverture et dans des draps qui m'appartiennent. Et que saint Acheul[1] le désapprouve, si vous voulez tout savoir !

– Ma chère dame, dites-moi donc la vérité : par cette confiance que vous m'avez jurée quand vous vous êtes installée ici : cette peau de mouton doit être à vous ?

– Oui, par le saint Notre Père[2]. »

La servante prit alors la parole :

« Cher seigneur, ne la croyez absolument pas : elle m'a été donnée d'abord.

---

1. **Saint Acheul :** saint martyr de la ville d'Amiens.
2. **Notre Père :** prière traditionnelle chrétienne tirée des paroles mêmes de Jésus, d'après l'Évangile.

— Ah, mauvaise femme ! Maudite soit ta naissance ! On vous a transmis la rage ! Allez, vite, hors de chez moi ! Que la mauvaise honte vous submerge !

— Par le saint suaire de Compiègne[1], ma dame, dit-il, vous avez tort.

— J'ai raison, parce que je la hais à mort à cause de ses mensonges incessants, cette grande voleuse !

— Madame, que vous ai-je dérobé ?

— Voleuse ! Mon orge et mon blé, mes pois, mon lard, mon pain de ménage[2]. Oui, vous êtes bien malheureux de l'avoir ici supportée aussi longtemps. Seigneur, payez-lui ses gages et, par Dieu, délivrez-nous d'elle.

— Ma dame, dit le prêtre, écoutez-moi. Par saint Denis[3], je veux savoir qui de vous aura la peau. Et cette peau, qui vous l'a donnée ?

— Notre hôte, lorsqu'il est parti.

— Vraiment, par les côtes de saint Martin[4], il est parti dès ce matin, avant que le soleil ne soit levé. Dieu !

— Comme vous êtes fourbe à jurer si sottement : il a plutôt pris congé fort gentiment, avant de partir.

— Il a donc été présent à votre lever ?

— Pas du tout. Alors que j'étais couchée, je ne me préoccupais pas de lui. C'est alors que je l'ai vu s'approcher de mon lit... Il faut que je vous expose...

— Et qu'a-t-il dit au moment de partir ?

— Seigneur, vous cherchez bien à me surprendre... Il a dit : "Je vous recommande à Jésus", et il est alors parti. Il n'a plus rien dit de plus, et il ne m'a rien demandé qui soit déshonorant pour vous. Mais vous cherchez des tromperies... Je n'ai jamais été crue de vous alors que, Dieu merci, vous ne devez voir en moi que du bien. Vous y cherchez cependant la trahison. Vous m'avez enfermée dans une prison qui fait pâlir et dépérir mon corps. Je ne bouge

---

1. **Saint suaire de Compiègne :** le saint suaire désigne, pour les chrétiens, un linge qui a recouvert le visage de Jésus-Christ ou bien le linceul qui a servi à envelopper son corps après sa mort ; la relique conservée à Compiègne était l'objet d'un pèlerinage célèbre.
2. **Pain de ménage :** pain ordinaire que l'on prépare soi-même.
3. **Saint Denis :** le patron de Paris, et son premier évêque, au IIIe siècle.
4. **Côtes de saint Martin :** reliques imaginaires.

Le Boucher d'Abbeville

plus de votre maison. Vous m'avez complètement enfermée. J'ai été si longtemps en votre pouvoir, même pour le boire et le manger.
– Aïe, dit-il, mauvaise folle ! Je t'ai nourrie tout à ton aise ! Peu s'en faut que je ne te batte et que je ne te tue ! En vérité, je sais qu'il a couché avec toi ! Dis-moi, pourquoi n'as-tu pas protesté ? Il faut maintenant tout rompre entre nous ! Allez, quitte ma maison ! Moi j'irai à mon autel : sur lui je jurerai immédiatement que je ne coucherai plus jamais dans ton lit. »

Très en colère, il s'assit, bouleversé, triste et pensif. Quand la dame vit le prêtre irrité, elle regretta de l'avoir querellé et d'avoir lutté contre lui. Elle redouta fort que cela lui portât préjudice. Elle se rendit alors dans sa chambre, pendant que le berger, qui avait compté ses moutons, arrivait en courant : la veille l'un d'entre eux avait été volé, et il ne savait ce qu'il était devenu. Il arriva donc à toute allure à la maison, se grattant le visage. Le prêtre faisait sa lecture, très en colère et tout échauffé :

« Qu'y a-t-il ? Tu tombes bien mal, mauvais brigand. D'où reviens-tu ? Que se passe-t-il ? Mauvais fils, tu as une tête de paysan grossier. Tu devrais garder les bêtes, à cette heure-ci. Peu s'en faut que je ne te frappe à coups de bâton.

– Seigneur, il me manque un mouton, le plus gros de notre troupeau. Je ne sais qui me l'a enlevé.

– Tu as donc perdu un mouton ? On devrait te pendre : tu les as mal gardés.

– Seigneur, reprit l'autre, écoutez-moi : hier soir, lorsque je suis entré en ville, j'ai rencontré là-bas un étranger, un homme que je n'avais jamais vu, ni aux champs, ni à la ville, ni sur la route. Il a bien observé mes bêtes, m'a posé beaucoup de questions et m'a demandé à qui tout ce beau capital appartenait. Je lui ai répondu : "Seigneur, à notre prêtre". C'est lui qui m'a enlevé ce mouton, à mon avis.

– Par les saints du paradis, c'était David, notre hôte, qui a dormi ici. Il m'a parfaitement bien trompé, lui qui a foutu[1] toute ma maison ; il m'a même vendu une peau de mouton qui m'appartenait. *Il a mouché mon nez avec ma propre manche*[2]. Je suis né à une

---

1. **Foutu** : abusé, violenté.
2. *Il a mouché mon nez avec ma propre manche :* proverbe.

mauvaise heure. Et je n'ai pas su me garder de lui... On en apprend chaque jour : *il m'a fait une tourte avec la pâte que j'avais préparée*[1]. Reconnaîtrais-tu la peau de ce mouton ?

– Oui, seigneur, par la foi que je vous dois, je la reconnaîtrai parfaitement, si je la vois. J'ai gardé ce mouton pendant sept ans. »

L'autre prit la peau et le berger l'observa : aux oreilles et à la tête, il sut clairement que c'était la peau de la bête en question. Et le berger s'exclama :

« Houlà ! Malheureux ! Par Dieu, seigneur, c'est Cornu, la bête que j'aimais le plus. Il n'y avait pas mouton plus tranquille dans mon troupeau. Par la foi que je dois à saint Vincent, il n'y avait pas plus gras entre cent moutons. Un meilleur que lui n'aurait pu exister.

– Venez là, ma dame, dit le prêtre. Et toi, servante, approche-toi. Parle-moi, je te l'ordonne. Réponds-moi quand je t'appelle : que réclames-tu de cette peau ?

– Seigneur, je réclame la peau tout entière.

– Et vous, ma dame, qu'en dites-vous ?

– Seigneur, que Dieu sauve mon âme, mais il est juste qu'elle m'appartienne.

– Elle n'est ni à l'une ni à l'autre : je l'ai achetée avec mon argent et c'est à moi qu'elle doit rester. L'hôte est venu me la proposer à l'église, alors que je lisais mon psautier[2]. Par saint Pierre, le vrai apôtre, elle ne sera ni à l'une ni à l'autre, à moins que vous ne l'obteniez par un jugement. »

Seigneurs, vous qui connaissez le bien, Eustache d'Amiens vous demande, vous prie par amour et exige de vous que vous prononciez ce jugement. Que chacun s'exprime comme il veut, selon le bien, la justice et l'honnêteté. Qui, plus que les autres, doit avoir la peau du mouton : le prêtre, la prêtresse ou la jeune servante follette ?

Explicit[3] le fabliau *Le Boucher d'Abbeville*.

---

1. *Il m'a fait une tourte avec la pâte que j'avais préparée :* proverbe.
2. **Psautier :** livre de prières qui contient les psaumes, d'où son nom.
3. *Explicit :* voir note 2 p. 23.

Clefs d'analyse
**Le Boucher d'Abbeville
(Eustache d'Amiens)**

Action et personnages

1. Pourquoi l'auteur prend-il la peine de préciser dès le deuxième paragraphe que le boucher est un très brave homme ? Par contraste, comment présente-t-il le prêtre ?
2. À quoi sert la rencontre avec la pauvre femme au début du texte ?
3. Les tromperies vont s'enchaîner tout au long du texte : dressez-en la liste et précisez-en les acteurs.
4. Chacun des personnages est montré en train de faire les activités habituelles au métier qu'il exerce : repérez les différents passages concernés et justifiez votre réponse.
5. Comment l'auteur fait-il comprendre la richesse du prêtre ? Quels en sont les indices matériels dans le récit ?

Langue

6. Relevez les verbes à l'impératif. Quels sont les autres moyens utilisés pour exprimer l'ordre ?
7. Dans le dialogue entre les deux femmes, quels éléments permettent de passer d'une réplique à l'autre et ceux qui sont communs d'une réplique à l'autre ?
8. Les dialogues sont presque tous marqués par de nombreuses exclamations et interrogations. Pourquoi ? Quel est l'effet recherché ?
9. Comment le boucher est-il nommé par les autres personnages ? Relevez les pronoms et les expressions qui le désignent sous forme de périphrase.

Genre ou thèmes

10. Dans ce fabliau, les décors mis en œuvre par l'auteur sont variés : dressez-en la liste et décrivez chacun d'eux sommairement.
11. Un certain nombre de phrases (surtout dans la bouche du boucher) sont à double sens : repérez-les.
12. Le narrateur use fréquemment du pronom « vous » pour s'adresser au lecteur : repérez les passages où il se sert de ce procédé. Quel en est l'effet ?
13. Pour qui le lecteur est-il amené à prendre position ? Pourquoi ?

Clefs d'analyse — Le Boucher d'Abbeville (Eustache d'Amiens)

Écriture

14. Répondez à la question finale de l'auteur, en argumentant en faveur de l'un ou de l'autre personnage.
15. Relisez les critiques « Pour ou contre les personnages des Fabliaux » (p. 7). De quel(s) avis êtes-vous ?
16. De retour chez lui, le boucher fait le récit de son aventure à sa femme : racontez-la de la manière la plus brève possible, comme pour en faire un résumé.

Pour aller plus loin

17. Abbeville se situe dans le nord de la France, sur un territoire où l'on ne parlait pas le même français qu'à Paris. Faites une recherche sur la naissance du français comme langue officielle et sur les dialectes parlés en France au Moyen Âge.
18. Il est beaucoup question d'argent dans ce fabliau. Repérez le nom des monnaies citées et faites des recherches sur le système monétaire au Moyen Âge. Établissez les équivalences entre les différentes unités de compte utilisées (deniers, francs, sous, blancs...).
19. Le fabliau est-il moral et a-t-il une fin satisfaisante pour le lecteur ? Quelles critiques de la société médiévale ce fabliau exprime-t-il ?

> ※ **À retenir**
>
> Jusqu'à la fin du Moyen Âge, il s'en faut de beaucoup pour que, en France, tous les habitants parlent une langue unique : chaque région parle un dialecte et le français n'est même pas une **langue nationale** ; les administrations royale, notariale et judiciaire rédigent tous leurs actes en latin. Il en sera ainsi jusqu'à l'ordonnance de Villers-Cotterêts, proclamée par François Ier en 1539.

L'action

1. La Dame dit qu'elle fait trois fois le tour de l'église :
- ☐ a. parce qu'elle a perdu son chemin ?
- ☐ b. pour mentir à son mari ?
- ☐ c. pour y retrouver le prêtre ?

2. Le testament de l'âne :
- ☐ a. Il a effectivement été rédigé par l'âne ?
- ☐ b. Il est invoqué à la cour de l'évêque pour blâmer le prêtre ?
- ☐ c. C'est un prétexte inventé par le prêtre pour acheter le silence de l'évêque ?

3. Barat et Haimet sont des frères :
- ☐ a. qui ont fait alliance avec Travers pour voler un morceau de lard.
- ☐ b. qui cherchent à voler Travers.
- ☐ c. qui poursuivent Travers pour se débarrasser de lui.

4. Brunain :
- ☐ a. appartient originellement au prêtre.
- ☐ b. s'échappe et va brouter dans la propriété du prêtre.
- ☐ c. est une vache fidèle à ses maîtres.

5. Estourmi est un personnage :
- ☐ a. particulièrement craintif.
- ☐ b. qui ne craint que les fantômes.
- ☐ c. qui ne craint rien ni personne.

6. Estula :
- ☐ a. est le nom du chien d'un riche paysan.
- ☐ b. est le cri d'appel des deux frères venus voler le riche paysan.
- ☐ c. est un signe de reconnaissance entre les différents membres de la famille du paysan.

7. Le paysan est devenu médecin du roi :
- ☐ a. parce que le roi connaissait sa réputation depuis longtemps.
- ☐ b. après de longues études.
- ☐ c. à la suite d'un bon tour que sa femme lui a joué.

Avez-vous bien lu ?

8. Les trois aveugles de Compiègne :
- ☐ a. ne sont que des usurpateurs qui gagnent ainsi beaucoup d'argent.
- ☐ b. sont de vrais aveugles rencontrés sur la route de Compiègne.
- ☐ c. se sont mis d'accord avec le clerc pour voler l'aubergiste qui les héberge pour la nuit.

9. Le paysan conquiert le paradis en plaidant :
- ☐ a. contre le diable qui veut l'emmener en enfer.
- ☐ b. contre saint Michel qui hésite sur le lieu où il doit emporter cette âme.
- ☐ c. contre Dieu et ses saints, qui voulaient le chasser.

10. Le Boucher d'Abbeville trompe tout le monde :
- ☐ a. pour se venger du mauvais accueil que le prêtre lui a fait.
- ☐ b. par simple plaisir du jeu.
- ☐ c. pour tenter de regagner l'argent qu'il a perdu au marché d'Oisemont.

Les personnages

Barrez ce qui est faux :

Travers est un excellent voleur, il s'est allié à Haimet et Barat, qui sont ses deux frères et, comme lui, sont d'excellents voleurs. Ils vont rester très longtemps ensemble, jusqu'à ce que Travers se décide à agir pour son propre compte car il a beaucoup appris auprès des deux autres. Il va donc voler des paysans qui travaillent la terre et font des fagots dans les bois. Comme il craint ses deux amis, il surveille sans cesse sa maison et demande à sa femme d'être vigilante. Devenu riche grâce à son travail, il a pu accumuler des biens, en particulier un jambon qu'il a suspendu à une des poutres de sa maison. Mais ses deux amis le surveillent et, profitant d'un moment d'absence, ils pénètrent chez lui en cachette et s'emparent du jambon. Quand Travers revient, il constate le vol et se décide à poursuivre ses anciens collègues. Il les rattrape et, en se battant avec eux, il récupère le jambon volé. Il ne lui reste plus qu'à rentrer tranquillement chez lui et à se coucher. Le lendemain, les deux frères se présentent et Travers, en signe de réconciliation, leur offre spontanément une part du jambon.

Estourmi est un des amis de Jehan et d'Yfame ; c'est aussi le frère de leur servante. Lorsque le couple a des problèmes d'argent, il se propose de leur en prêter car il est très riche. Mais les prêtres de la paroisse tombent amoureux d'Yfame : Estourmi décide alors de se venger d'eux. Il les attire tous chez Jehan et ce dernier les tue les uns après les autres. Il demande ensuite à Estourmi de les enterrer, de nuit. Estourmi s'exécute très volontiers car il considère Jehan comme son ami. Bien qu'il soit très craintif, il sort de la ville en transportant les cadavres les uns après les autres, pour les enterrer. Cela ne lui demande aucun effort car il est très costaud. Mais un autre prêtre vient à passer près du lieu où se trouve Estourmi : il le surprend en train d'enterrer ses collègues et Estourmi est obligé de le tuer aussi pour ne pas laisser de trace. Lorsque tout est terminé, Estourmi retourne près de Jehan et d'Yfame, qui l'assurent de leur reconnaissance.

Le Boucher d'Abbeville était parti en voyage pour vendre des moutons au marché, mais le soir venu, il décide de s'arrêter à Bailleul et de profiter de l'hospitalité du prêtre qu'il y connaissait. Se perdant dans les rues de la ville, il demande son chemin à une vieille dame qui lui indique gentiment la maison du prêtre. Ce dernier le reçoit volontiers et lui propose de partager son plus beau mouton. Le repas fait, le Boucher s'endort et au matin, alors que le prêtre est en train de célébrer l'office, il prend congé courtoisement de la femme du prêtre et donne un gros pourboire à la servante qui avait préparé le dîner.

Les **personnages** des fabliaux se recrutent dans tous les états de la société, du paysan au roi ou au voleur. Tous s'entendent parfaitement. La plupart du temps, ce sont des modèles à suivre pour les spectateurs. Seuls les représentants de la religion sont fortement critiqués. Tous ces personnages ressemblent aux habitants de la France du XIIIe siècle. Ils sont particulièrement délicats et attentifs les uns aux autres. Ils provoquent le rire des lecteurs.

Avez-vous bien lu ?

Les citations

Qui l'a dit ?

1. Très cher seigneur, vous feriez bien d'aller vous coucher.
2. La vérité, c'est que je suis enceinte de vous, et on m'a indiqué que je devais faire le tour de l'église, sans parler.
3. Il a plus mal agi qu'un païen : il a enterré son âne Baudouin dans la terre consacrée d'un cimetière.
4. Que Dieu lui pardonne et qu'il efface ses fautes et tous les péchés qu'il a commis !
5. Mais j'apprécie très peu ton savoir, puisque tu n'es pas capable d'avoir une culotte.
6. Ma chère sœur, notre jambon s'est sauvé. Jamais nous ne le reverrons.
7. Moi, je ne le tiens pas pour quitte : il faudra qu'il paie les difficultés que nous avons endurées.
8. Donnons-la à ce prêtre. De toute façon, elle ne donne que peu de lait.
9. Maintenant nous en aurons deux, pour une auparavant : notre étable sera bien petite !
10. Vous ne m'appeliez pas quand vous étiez riche.
11. En voilà maintenant un autre ! Je ne sais si vous êtes amis, mais il vaut mieux un compagnon que de rester seul !
12. Il a donc les démons dans le corps pour qu'ils l'aient rapporté ici dedans ! Et même s'il y en avait deux cents, je les enterrerais avant le jour.
13. Estula ! Estula !
14. Allons, vite. Jette-le à terre : mon couteau est bien coupant (je l'ai fait aiguiser hier à la forge) et il aura bientôt la gorge tranchée.
15. Mon Dieu, si je la battais le matin, à mon lever, elle pleurerait toute la journée alors que je m'en irais faire mon travail.
16. Cet homme est d'une nature telle qu'il ne fait rien pour personne, à moins qu'on ne le batte bien.
17. Battez-le-moi, il restera !
18. Que mon corps soit accablé par la goutte si je n'arrive pas à savoir s'ils voient quelque chose.
19. Que celui qui le possède le lui donne. Qui l'a ? Bah, moi je ne l'ai pas !
20. Dieu a été fou quand il a fait de vous son apôtre.
21. Vous mentiriez donc pour moi ?
22. Par saint Pierre, tu ne dormiras pas chez moi !
23. Tu te plaindras, mauvaise femme ? Vieille imbécile ! Puante ! Voleuse ! Bâtarde !

Les tromperies

1. Nommez les différentes tromperies et complétez le tableau :

Certains fabliaux, même parmi les plus simples, comportent plusieurs tromperies ; remplissez le tableau avec la tromperie principale, pour chacun des fabliaux.

Fabliau	Tromperie	Acteurs	Victime	Bénéficiaire
La Dame qui fit trois fois le tour de l'église				
Le Testament de l'âne				
Barat et Haimet				
Brunain, la vache du prêtre				
Estourmi				
Estula	Nom du chien	Famille du paysan riche	Famille du paysan riche	Deux frères pauvres
Le Paysan devenu médecin				
Les Trois Aveugles de Compiègne				
Le Paysan qui conquit le paradis en plaidant				
Le Boucher d'Abbeville				

Avez-vous bien lu ?

2. Dressez aussi la liste des tromperies secondaires, avec leurs victimes et leurs bénéficiaires. Que constatez-vous ?

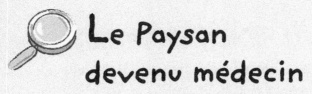

Le Paysan devenu médecin

Classez les événements suivants dans l'ordre chronologique :

1. Arrivée des messagers du roi, sur de blancs palefrois.
2. Battu, le paysan accepte de soigner la princesse.
3. Devenu riche, le paysan se réconcilie avec sa femme.
4. La dame accueille les messagers et leur sert à manger.
5. La femme désigne son mari comme un médecin fantasque, qu'il faut battre pour qu'il fasse son travail.
6. Le paysan décide de battre sa femme pour qu'elle lui reste fidèle.
7. Le paysan demande qu'un grand feu soit allumé dans la chambre de la princesse, puis il la fait rire en se déshabillant et en se grattant.
8. Le paysan médecin retourne chez lui, mais il promet de revenir si le roi le mande.
9. Le paysan refuse de soigner la princesse.
10. Le paysan souhaite rentrer chez lui, mais il est battu.
11. Le roi explique au paysan que sa fille a une arête coincée dans la gorge.
12. Le roi félicite le paysan pour son efficacité et le comble de richesses.
13. Les messagers trouvent le paysan et le battent pour qu'il les suive.
14. Les patients sortent précipitamment en expliquant au roi qu'ils sont désormais bien portants.
15. Mariage de la jeune fille noble avec le paysan.
16. Pleurs de la femme qui regrette son mariage.
17. Pressé par de nombreux patients, le paysan leur annonce que le plus malade devra être sacrifié.
18. Sa fille guérie, le roi presse le paysan de soigner d'autres malades.

Avez-vous bien lu ?

Les mots du Moyen Âge

Associez le mot à un synonyme contemporain :

1. lieue
2. écuyer
3. chambrière
4. surcot, cotte
5. clerc
6. deniers, livres, sous, besants
7. serf, vilain
8. legs
9. braies
10. cellier
11. maie
12. pourpoint, chausses
13. se courroucer
14. écot
15. poterne
16. couard
17. froment
18. palefroi
19. étriller
20. robes
21. écarlate
22. destrier
23. manant
24. ménestrel
25. hanap
26. pâté

a. anciennes monnaies
b. blouse ou tunique
c. brosser (pour un cheval)
d. cheval de parade
e. cheval mené de la main droite
f. chevalier de petite noblesse
g. héritage
h. homme pauvre et villageois
i. huche à pain
j. lâche
k. mesure de longueur faisant 4 km
l. musicien et chanteur ambulant
m. part de l'addition
n. paysan
o. récipient à boire
p. pièce à provisions
q. petite porte sous le rempart
r. rouge (ou étoffe fine)
s. savant ou membre du clergé
t. se mettre en colère
u. servante attachée à la chambre
v. sorte de culotte
w. tourte
x. variété supérieure de blé
y. vêtements (pour homme ou femme)
z. vêtements masculins

Avez-vous bien lu ?

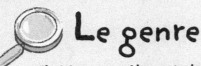

Le genre

Choisissez parmi les mots de la liste suivante, et complétez le texte :

> rois – célèbres – auditeurs – narrateur – autorité – initiale – rire – saints – quotidiens – religieux – tours – anonymes – parisienne – lecture – variés – Rutebeuf – clercs – pittoresques – voix – nord – Jean Bodel – morale – siècle – versifiés – péripéties – œuvres – richesse – épingle – pièces – puni – faible.

Les fabliaux sont de petits textes .... Surtout destinés à la .... publique à haute ...., ils ont été écrits au XIIe et surtout au XIIIe ...., par des auteurs dont quelques-uns sont très ...., comme .... ou .... Ces derniers ont aussi écrit des .... de théâtre et d'autres .... poétiques. La plupart du temps, cependant, les fabliaux restent .... ; on sait seulement qu'ils ont été composés par des .... qui vivaient dans la région .... ou dans le .... de la France.

Dans les fabliaux, des personnages très .... peuvent apparaître : des paysans, des chevaliers, des voleurs, des .... ou des .... Certains mettent même en scène Dieu et ses .... Dans tous les cas, il s'agit de personnages .... et familiers pour les lecteurs et les ...., à qui il arrive des aventures .... et amusantes. Le personnage le plus .... réussit souvent à tirer son .... du jeu, alors que celui qui a les atouts de la ...., d'une bonne situation sociale ou de l'............... est fréquemment raillé ou ....

Après l'exposé de la situation ...., l'histoire raconte les .... que se font les personnages. Différentes .... font rebondir l'histoire, puis le .... propose une conclusion qui se veut ...., à l'intention des lecteurs et auditeurs. En réalité, le but principal du fabliau est de les faire ....

Le vocabulaire de l'analyse de texte

Reliez les mots à leur définition :

action • • Texte racontant une histoire par l'intermédiaire d'un narrateur.

auteur • • Instance fictive qui raconte l'histoire.

chronologie • • Personnages dont l'action compte dans le récit.

dialogue • • Ensemble des événements provoqués par les personnages.

morale • • Elle présente les principaux personnages et la situation de départ.

narrateur • • Présentation du personnage selon ses traits physiques ou moraux.

péripéties • • Celui qui écrit l'histoire, qui invente à la fois le narrateur et les personnages.

portrait • • Malentendu entre deux personnages qui comprennent de manière différente un même geste, un même mot ou qui prennent quelqu'un pour qui il n'est pas.

Avez-vous bien lu ?

Avez-vous bien lu ?

protagonistes • • Moment où le narrateur cède la parole aux personnages, qui échangent alors directement des paroles ; les guillemets en signalent la présence.

quiproquo • • Leçon, au début ou à la fin du fabliau, que l'histoire est censée illustrer.

récit • • Rebondissements ou détours inattendus de l'action.

situation initiale • • Déroulement des actions dans le temps.

 En savoir plus sur : **www.petitsclassiqueslarousse.com**

POUR
APPROFONDIR

Thèmes et prolongements

✤ Les fabliaux, miroirs de l'organisation sociale

> Les fabliaux ont souvent été étudiés pour leur valeur archéologique, même si tous les commentateurs sont bien conscients du potentiel de critique qu'ils recèlent. Ainsi, Peter Nykrog, le médiéviste danois, donne cette définition possible du fabliau : un texte « construit sur un thème qui jette un ridicule plus ou moins fort sur au moins un des personnages, victime d'un bon tour que lui jouent les autres protagonistes de l'intrigue ».

Bourgeois et marchands

L'univers représenté est bien le monde de la ville comme théâtre du mensonge, de la tromperie, du jeu et de l'intelligence rusée. Dans « Estourmi », par exemple, la taverne est le lieu où le personnage se retrouve nu et dépouillé : il perd tout son argent aux dés et laisse des dettes rachetées par sa sœur.

La ville permet de mettre en scène une économie du don ou de l'échange : les fabliaux insistent sur les liens de dépendance pécuniaire ou marchande et l'on voit bien que l'argent et la marchandise peuvent rendre l'homme libre. Ainsi, le clerc des « Trois Aveugles de Compiègne » est le personnage le plus détaché par rapport à l'argent, mais c'est qu'il a l'air de ne pas en manquer.

Enfin, le jongleur participe lui-même à cette économie de marché, lui qui demande des comptes aux auditeurs à la fin de son fabliau.

L'Église et ses représentants

L'Église est consciente des reproches qu'on peut lui faire et les tentatives de réformes internes ne manquent pas au moment où les fabliaux sont écrits, comme, par exemple, la reprise en main par le pape Innocent III, qui convoque le concile du Latran IV en 1215. Mais la hiérarchie ecclésiastique n'est pas la seule à se rendre compte des fautes qui discréditent le message religieux. Il n'est qu'à lire les fabliaux pour prendre la mesure de ces jugements ; en effet, presque tous ont des clercs pour auteurs.

Thèmes et prolongements

Certes, le terme « clerc » est plus ambigu qu'aujourd'hui : il se comprend à la fois comme « savant » et comme « religieux », la confusion venant du fait que les religieux sont presque les seuls à proposer un enseignement et à en avoir suivi un. Quoi qu'il en soit, les fabliaux contestent souvent les privilèges des clercs, leur goût pour l'argent et leur luxure. Et, dans un esprit laïc, ces textes sont tournés vers le monde réel et quotidien, donc loin de l'idéal médiéval de l'ascétisme.

Privilégiés contre pauvres et vilains

Autre état souvent critiqué dans les fabliaux : l'aristocratie, à travers son goût pour la courtoisie. La courtoisie, ou l'« art de cour », est une manière d'agir en société, vis-à-vis des dames notamment, mais aussi vis-à-vis de ceux qui ne sont pas nobles et sont donc méprisés. Face aux privilèges de la naissance aristocratique ou à ceux de l'argent, les fabliaux favorisent plutôt le principe de la ruse : l'esprit constitue donc la vrai force, selon un proverbe que les fabliaux citent volontiers : « *miex fait l'engien que ne fait force* » (« l'intelligence agit plus sûrement que la force »).

Quelques auteurs vont même plus loin en jouant le rôle de défenseurs des vilains (c'est-à-dire des « paysans ») asservis par leurs oppresseurs aristocrates, les marchands des villes ou les clercs privilégiés. Cette critique atteint une sorte de paroxysme dans « Le Paysan qui conquit le paradis en plaidant », où Dieu lui-même est forcé d'écouter un vilain et même d'acquiescer à ses arguments. Il n'en manque pas, en particulier ses nombreuses bonnes œuvres, qui montrent la noblesse de son cœur et de son esprit.

Pourtant, pauvres et vilains ne sont pas toujours épargnés dans ces récits, et l'idée de séparation entre les classes sociales est bien présente : les fabliaux mettent volontiers en scène des personnages stéréotypés de paysan grossier, sale et puant. Et un vilain doit rester selon son être, ne pas se dénaturer, c'est-à-dire renier sa nature de vilain, sortir de son espace et de son corps. C'est pourquoi les saints (dans « Le Paysan qui conquit le paradis en plaidant ») lui défendent l'entrée du paradis. Ici encore, le fabliau hésite entre confirmation et démenti de ces clichés sur les vilains.

Thèmes et prolongements

✣ Techniques d'écriture

> La prise en compte du public à qui s'adressent les fabliaux contribue à un fort ancrage historique. On a souvent opposé le public aristocratique des romans courtois à celui, plus bourgeois, des fabliaux. Il est vrai que la conception du monde présente dans les fabliaux est plus proche de celle que pouvaient avoir les habitants des villes. Vrai aussi que la réalité est rarement idéalisée, que les faits ne semblent pas embellis, que les inventions de l'imaginaire ne paraissent pas s'imposer. Le public est souvent mis en scène : le narrateur s'adresse directement à lui.

Dialogue avec les sources

Le prologue est un lieu privilégié par l'auteur. Il y donne souvent des indications qui font comprendre le fonctionnement du récit et son mode de diffusion. Il fait donc référence à une source d'où il tire ses informations. Le narrateur devient alors une sorte de canal de transmission, comme s'il était le témoin visuel ou simplement par ouï-dire d'événements qu'il se propose de raconter à son tour. Cette allusion à un texte écrit reflète aussi la situation dans laquelle le texte était exécuté devant un auditoire : jongleurs et clercs se servaient effectivement d'un texte écrit comme support à leurs performances. Il s'agit de recueils spéciaux, dont quelques-uns ont pu parvenir jusqu'à nous. Compilés par les jongleurs, on les appelle, précisément, les « manuscrits de jongleur ».

Appels au public

Ces jongleurs sont des professionnels du spectacle. Leur rôle est connu sur tout le territoire français. Ce sont les héritiers des histrions antiques ; par leurs qualités de mime et leur virtuosité verbale, ils sont là pour divertir un public souvent disparate et changeant, car ils mènent une vie errante. Moins intellectuels que les trouvères qui composent les textes, plus doués que les ménestrels, qui se contentent de jouer d'un instrument, ils sont capables d'acrobaties et d'interprétations plus ou moins dramatisées de textes, chansons de geste ou fabliaux. Mais il n'est pas exclu que certains récitants amateurs aient aussi raconté leurs propres compositions.

En tout cas, les jongleurs étaient particulièrement attentifs à leur public. Les allusions à ce contact direct sont nombreuses dans les textes des fabliaux, non seulement dans le prologue ou dans la conclusion, mais même tout au long du récit : le narrateur s'adresse directement aux auditeurs. En dehors de ces adresses, l'ancrage géographique des récits, les allusions à des pèlerinages connus ou aux cultes de certains saints entretiennent la complicité avec eux. Le récit fonctionne explicitement comme un pacte social entre le narrateur et son public. C'est très clair à la fin du « Boucher d'Abbeville » : le jugement final de l'histoire est confié à l'auditoire à qui on laisse le soin de trancher. C'est aussi là une mise en pratique de l'esprit délibératif médiéval : un jugement du public réel clôt le récit et l'achève en dehors du monde fictionnel.

Narration et personnages

Une des caractéristiques du récit est sa rapidité dans l'action et la vivacité des dialogues ; les détails pittoresques sont bannis. Petite fable, le fabliau privilégie alors l'unité d'action, l'« anecdote ». Quand, exceptionnellement, la matière est plus ample, la longueur est justifiée par ce qui arrive à un héros unique ; voir « Les Trois Aveugles de Compiègne », dont les deux histoires successives trouvent leur cohérence avec le personnage central du clerc.

Le portrait des personnages est d'ailleurs souvent simplifié à l'extrême : ils portent en eux un programme narratif qui peut les condamner d'emblée, ou un petit nombre d'attributs qui implique un jugement moral. C'est le cas des prêtres luxurieux d'« Estourmi », du curé avide d'argent et égoïste du « Boucher d'Abbeville », du paysan cruel du « Paysan devenu médecin » : leur attribut (cruauté, avarice...) permet de prévoir le développement positif ou négatif de l'action. Quelquefois, certains fabliaux se montrent plus originaux : ainsi, le paysan devenu médecin acquiert peu à peu la sympathie de l'auditeur, à mesure qu'il se montre malin.

Thèmes et prolongements

❖ Schémas actanciels

> Comme tous les récits courts, les fabliaux sont construits de manière un peu mécanique, avec des personnages sans grande psychologie. Ainsi réduits, ils deviennent de simples éléments au service de l'action et du comique. La narration peut alors être étudiée sous forme de schéma simplifié.

Les actants

Chaque personnage ne se définit que par rapport au développement de l'histoire racontée, c'est pourquoi on distingue six *actants* du récit selon les rapports qu'ils entretiennent à l'action. Chacun de ces actants représente un type de personnage. Les relations qui unissent les deux actants principaux peuvent se résumer simplement : un sujet se met en quête d'un objet. Les autres actants vont lui fournir de l'aide (devenant ainsi des adjuvants) ou au contraire le freiner dans sa recherche (ils sont alors des opposants). L'ensemble peut être expliqué de la manière suivante, si l'on prend le fabliau « Estula » comme exemple :

– Le sujet est celui dont le désir est le moteur de l'action. Dans « Estula », les deux frères pauvres s'imposent dès le début comme sujets : ce sont eux qui prennent l'initiative de faire évoluer une situation qui paraît figée.

– L'objet de leur quête ou de leur désir est assez clair : ils cherchent à obtenir de quoi manger, un mouton et des légumes, volés au paysan riche.

– Ils sont donc animés par une force qui les pousse à agir aux dépens du paysan et des autres personnages (la famille du paysan) : cette force que le narrateur présente au début du texte s'appelle « Pauvreté », considérée dès lors comme le destinateur.

– Le destinataire de leur action n'est qu'eux-mêmes : eux seuls vont tirer des avantages certains de toute l'action.

– Dans leur entreprise, les deux frères sont aidés par le hasard (le nom du chien permet une confusion dans l'esprit des paysans

Thèmes et prolongements

riches) et, surtout, par la sottise des autres personnages, incapables de comprendre ce qui se passe : ce sont là deux adjuvants.
– Les frères vont pourtant se heurter à une série d'adversaires, des opposants : le paysan lui-même, et son fils, qui vont chercher à se défendre et à défendre leurs biens, fort maladroitement.

Schéma actanciel 1

Le schéma actanciel du fabliau « Estula » peut donc se présenter ainsi :

Plusieurs caractéristiques des actants se recoupent (frères pauvres / Pauvreté, riche / pauvre...). Cela tient au genre même du fabliau : quelques détails doivent suffire à bâtir une histoire.

L'opposant le plus redoutable reste absent : il s'agit du chien, qui aurait pu mettre en fuite les voleurs, celui-là même qui donne son titre au fabliau : « Estula, es-tu là ? non, justement ! »

Il faudrait tenir compte d'une construction remarquable, dans ce fabliau comme dans les autres, qui inclut le lecteur / auditeur. C'est pourquoi on pourrait proposer le tableau suivant, qui serait autant un schéma narratif qu'un protocole de lecture :

Schéma actanciel 2

Ainsi s'expliquent les incohérences apparentes de la narration : ce qui compte, c'est moins la logique du récit que le rire en forme de revanche sociale pour les lecteurs / auditeurs.

Thèmes et prolongements

✤ De la morale aux formes du comique

> La définition la plus simple du fabliau est celle de « conte à rire ». Mais s'agit-il d'un rire gratuit ou d'un rire à visée morale ? On le voit bien aux proverbes qui émaillent le récit ou aux conclusions des narrateurs, chaque fabliau est porteur d'une vérité morale de type proverbial. Il s'agit là d'une forme de pédagogie inhérente à la littérature médiévale. Mais la moralité est-elle l'élément dominant ?

De la morale au rire

Selon les textes, la morale peut donner l'impression d'être juxtaposée à l'histoire ou d'être parfaitement intégrée au récit. Elle n'en est pourtant pas le but ; elle peut d'ailleurs faire défaut sans porter préjudice au sujet du récit, et quelquefois elle vient le contredire. La morale peut même en arriver à une certaine immoralité : l'enseignement est alors utilisé de façon ironique.

En réalité, la morale est plus ou moins intégrée : elle peut apparaître à titre d'exemple instructif (comme les *exempla* et les sermons religieux, illustrés par de petites anecdotes qui, précisément, peuvent ressembler aux fabliaux), elle peut faire rire en instruisant ou être une simple illustration ; elle peut enfin entrer en conflit avec le récit dans une absence d'unité, si le récit ne génère pas de vraie morale. Mais alors de simples proverbes s'y substituent, comme autant de sentences provisoires. Dans tous les cas, il semble bien qu'il y ait une prépondérance du récit sur la morale : le rire est donc privilégié.

De la satire à la grivoiserie

Les fabliaux sont construits simplement, sans grande théorie. Ainsi, la satire apparaît sous une forme rudimentaire, celle de la plaisanterie ou de la dérision. Rarement les auteurs se moquent consciemment de tel ou tel aspect de la vie.

En revanche, les fabliaux poussent fréquemment la grossièreté jusqu'au cynisme et à l'obscénité, au point d'embarrasser un lecteur moderne. Les sujets peuvent se réduire à la représentation des aven-

Thèmes et prolongements

tures amoureuses chez des femmes de la bourgeoisie ou du monde rural avec des curés de campagne ou des moines lubriques. Le mari se retrouve presque toujours cocu, quoiqu'il arrive qu'il soit bien vengé et que le curé soit bien puni. Les ruses les plus extraordinaires sont employées pour se procurer illégalement tel ou tel bien : dans ces textes, le vol paraît un moyen tout à fait légitime pour vivre (voir « Barat et Haimet »).

Les procédés qui suscitent le rire relèvent souvent du carnaval : quiproquo et jeux de mots, tromperies, déguisements, hasards scabreux. Même les contes de fées sont récrits et la princesse ne guérit pas d'un coup de baguette magique : le paysan qui gesticule devant elle a plutôt recours au rire guérisseur (« Le Paysan devenu médecin »).

Les jeux littéraires ou culturels

Les fabliaux seraient l'envers de la littérature courtoise, toute en métaphores et en images allégoriques. Ce « style médiocre » *(stylus mediocris)* est bien décrit dans les arts poétiques médiévaux, ces manuels destinés à ceux qui veulent écrire correctement : il se caractérise par l'emploi de termes du vocabulaire courant (voire grossier ou obscène), par l'absence de rhétorique savante, et par un niveau syntaxique simple et clair. Ce n'est pas toujours vrai : certains fabliaux composés par les auteurs les plus doués comme Jean Bodel, Rutebeuf ou d'autres anonymes ont un style haut. Ainsi, le début des « Trois Aveugles de Compiègne » s'adresse explicitement aux rois et aux ducs.

La portée politique du rire n'est pas à ignorer : ce gros comique pouvait être salutaire, puisqu'il donnait à l'auditeur la force d'oublier, au moins un moment, les chagrins et les souffrances de la vie réelle. Mais il introduit également la légèreté, l'insouciance et le rire dans des cœurs où pèsent la gravité de la vie, les pesanteurs du pouvoir et de la morale. Enfin, les effets comiques naissant de la complicité entre narrateur et auditoire liés par un pronom « nous » sont ainsi transmis au public : la supériorité de l'auteur sur ses personnages rejaillit en rire de jugement pour les destinataires du fabliau.

Thèmes et prolongements

✤ Au-delà du fabliau médiéval

> Proches de certains autres genres médiévaux (comme le « dit », le « roman », les « chansons », les « moralités », les « lais »[1]), les fabliaux s'en différencient néanmoins. Par leurs sujets, les fabliaux ne sont pas spécifiquement français : on les retrouve dans d'autres pays ou d'autres continents ; ils appartiennent au folklore universel de l'humanité. Pourtant, sur les 150 fabliaux qui nous restent, principalement écrits au XIIIe siècle, les thèmes paraissent bien ancrés dans la France du Nord et la région parisienne : on y retrouve les coutumes, la langue, la religion, ainsi que des indications de lieux et d'événements quotidiens.

Hommes et femmes

Le fabliau rend compte d'un changement à l'œuvre dans les relations entre hommes et femmes. La haine contre les femmes reste très visible dans plusieurs fabliaux ; peut-être faut-il y voir l'influence des sermons d'église et de la conception morale des auteurs, des clercs pour la plupart. On sait que la tradition cléricale est fondée sur des stéréotypes : le mariage est considéré comme un enfer et la femme comme le diable en personne.

Mais d'autre part, l'idéologie courtoise avait commencé à transformer les mentalités : la production lyrique des trouvères et des troubadours, puis celle des romanciers montrait des personnages masculins attentifs aux femmes : le modèle masculin n'est plus le chevalier guerrier, mais le chevalier servant. Cette idéalisation de la femme, bien qu'elle ne reflète pas toujours la réalité des mœurs, se retrouve aussi dans la théologie avec le culte de la Vierge. Ainsi, quelques fabliaux présentent-ils une sorte de défense énergique des

---

1. **Le « dit » [...] les « lais »** : le « dit » ne raconte pas forcément une histoire ; le « roman » est plus long et plus complexe ; les « chansons » ne sont pas toujours narratives et sont surtout destinées au chant ; les « moralités » sont des pièces de théâtre qui visent l'instruction du public ; les « lais », bien que narratifs, concernent des personnages nobles et s'apparentent plutôt aux contes féeriques.

Thèmes et prolongements

femmes, plus « malines » que les hommes, mais pas forcément plus malignes, comme c'est le cas, par exemple, de l'épouse dans « Le Paysan devenu médecin ».

Maturité littéraire

La ruse est le moyen le plus habituel d'arriver à ses fins pour un personnage de fabliau ainsi que dans certains récits médiévaux. Dans cette logique, le stéréotype de la femme trompeuse n'est donc pas forcément toujours misogyne. En fait, la ruse est un moment d'intelligence, un moyen de prise de conscience hors du savoir ou de la vérité, hors de la morale : elle fait ressortir l'invraisemblance du quotidien, ou la sottise de celui qui voit mais ne sait pas regarder.

En fait, c'est souvent tout le fabliau qui propose une manière différente et nouvelle d'appréhender la réalité : le texte a sa propre logique, faite d'illusion, de spectres nocturnes (dans « Estula », « Barat et Haimet », « Estourmi »…), de pratiques superstitieuses (« La Dame qui fit trois fois le tour de l'église », « Barat et Haimet »…). Il s'agit là du mécanisme même de la littérature et de la création artistique en général, qui ruse avec le réel et en donne une vision particulière.

Les continuateurs

Les auteurs postérieurs ne s'y sont pas trompés. Il faudrait citer les conteurs du Moyen Âge tardif, comme Geoffrey Chaucer en Angleterre, avec ses *Contes de Cantorbéry* ; le sujet, la composition et la structure même de plusieurs fabliaux ont inspiré par la suite Boccace et son *Décaméron*. Les nouvellistes de la Renaissance, comme Marguerite de Navarre et son *Heptaméron*, empruntent aussi des histoires aux auteurs de fabliaux. Et, toujours en France, les fabliaux influencent La Fontaine dans ses *Contes* (XVIIe siècle) ou, beaucoup plus tard (XIXe siècle), Balzac dans ses *Contes drolatiques*. Enfin, au théâtre, les farceurs, Molière inclus, reprennent des récits où le dialogue est déjà très présent : le fabliau « Le Paysan devenu médecin » a fourni à Molière le sujet du *Médecin malgré lui*.

Textes et images

✣ Le réalisme dans les genres médiévaux

Considéré comme un genre *réaliste*, le fabliau rend compte de la réalité de la société médiévale. Mais ce n'est pas le seul type de texte à le faire. Même dans les textes allégoriques, les allusions à la vie quotidienne ou aux coutumes, la représentation des faits et des gestes habituels constituent l'essentiel du récit. Ces textes nous offrent, en quelque sorte, un miroir de la société.

Documents :

❶ *Le Garçon et l'Aveugle*, première scène, vers 1-44, Champion classiques, 2005.

❷ Jean Bodel, *Le Jeu de saint Nicolas*, « L'apparition aux voleurs », vers 1274-1306, GF, 2005.

❸ Rutebeuf, *Œuvres complètes*, t. II, début de *Ave Maria Rutebeuf*, Classiques Garnier, 1990, p. 283.

❹ *Roman de Renart*, « Le jugement de Renart ; la plainte d'Ysengrin », Petits Classiques Larousse, 2008, p. 70-71.

❺ *Le Pâté et la tarte*, première scène, XVᵉ siècle. GF, 1984, vers 1-50.

❻ Les Frères de Limbourg, *Les Très Riches Heures du duc de Berry*, « Calendrier : mars et les labours », miniature, 1400.

❼ *Heures à l'usage de Rome*, « Balaam et son ânesse », Bibliothèque municipale de Besançon, ms. 0148, f° 122 ; Institut de recherche et d'histoire des textes – CNRS.

❶ L'Aveugle. Faites-nous la charité, mes valeureux seigneurs, afin que Dieu, le fils de Marie, vous accueille tous dans sa demeure et dans sa compagnie ! Je ne peux vous voir ; que Jésus-Christ vous voie pour moi et qu'il mette au paradis tous ceux qui me viendront en aide ! Ah ! mère de Dieu, sainte Marie, ma souveraine, quelle heure est-il ? Je n'entends personne. Faut-il que je sois tombé bien bas pour

Textes et images

n'avoir même pas un gamin qui me ramène à la maison ! Car même s'il ne savait pas bien chanter, au moins saurait-il quémander du pain et me conduire vers les riches maisons.

LE GARÇON, *tournant le dos à l'aveugle*. Malheur à moi ! je suis vraiment à sec ! (*puis apercevant l'aveugle*) J'ai tout ce qu'il me faut. (*S'adressant à l'aveugle.*) Monsieur, vous ne marchez pas droit : vous allez tomber dans cette cave.

L'AVEUGLE. Ah ! par la mère de Dieu, veuillez m'aider ! Quelle est donc cette personne qui me guide si bien ?

LE GARÇON. Cher monsieur, puisse Jésus me donner sa joie ! c'est un pauvre diable.

L'AVEUGLE. Par Dieu, je le crois très bon garçon. Qu'il avance ! Je veux lui parler.

LE GARÇON. Me voici.

L'AVEUGLE. Veux-tu du travail ?

LE GARÇON. Monsieur, ce serait pour quoi faire ?

L'AVEUGLE. Pour me conduire en toute honnêteté à travers la ville de Tournai : toi, tu mendieras, moi, je chanterai, et nous gagnerons beaucoup d'argent et de pain.

LE GARÇON. Hé ! hé ! par la panse de saint Gilles, vous me prenez donc pour un jobard. Mais moi je vous le dis tout net : j'aurai un petit écu par jour tant que je vous accompagnerai, et je n'en rabattrai pas un centime.

L'AVEUGLE. Mon cher ami, ne te fâche donc pas contre moi. Comment t'appelle-t-on ?

LE GARÇON. Jeannot.

L'AVEUGLE. Jeannot, maudit sois-tu si tu n'obtiens facilement ce salaire ! Si tu es habile dans ton métier, tu feras vite fortune.

2 SAINT NICOLAS. Larrons, ennemis de Dieu, debout ! Vous avez trop dormi. Vous êtes pendus sans rémission ! C'est pour votre malheur que vous avez dérobé le trésor, et le patron, il a eu tort de le détenir !

PINCEDÉ. Qu'est-ce que c'est ? Qui nous a réveillés ? Grand Dieu, comme je dormais profondément !

Textes et images

Saint Nicolas. Fils de putains, vous êtes tous morts ! À cette heure les potences sont prêtes, car vous avez condamné vos vies, si vous ne croyez pas mon conseil.

Pincedé. Saint homme qui nous as effrayés, qui es-tu, toi qui nous fais une telle peur ?

Saint Nicolas. Vassal, je suis saint Nicolas qui remet sur la bonne voie les égarés. Reprenez tous la route et rapportez le trésor du roi. Vous avez commis une faute monstrueuse pour y avoir jamais pensé. Elle aurait bien dû protéger le trésor, la statue qu'on avait mise dessus. Veillez vite à l'y remettre, et à y remettre le trésor, aussi chers que vous ayez vos corps, et mettez la statue par-dessus. Je m'en vais sans aucun retard.

Pincedé. *Per signum sancte cruchefis*, Cliquet, quel est votre avis ? Et vous, qu'en dites-vous, Rasoir ?

Rasoir. Ma foi, il me semble que le saint homme dit la vérité, et j'en suis fort chagrin.

Cliquet. M'est avis aussi que j'en ressens une grande douleur : jamais je n'ai eu autant peur d'un homme.

❸ À tous ceux qui ont quelque sagesse, Rutebeuf fait bien savoir ceci, il leur donne ce conseil :

Ceux qui ont le cœur pur et net doivent tous quitter le monde, le repousser, car il faut beaucoup redouter les récits déshonnêtes que chacun raconte ; c'est la vérité que je vous conte.

Chanoines, clercs, et rois, et comtes sont très avares ; ils ne se soucient pas de sauver leur âme, mais de baigner leur corps, de le laver, de bien le nourrir, car ils ne pensent pas mourir ni pourrir dans la terre ; pourtant ils le feront, car ils ne prendront pas garde que telle bouchée qu'ils avaleront leur nuira, si bien que leur pauvre âme cuira en enfer, sans arrêt, été comme hiver.

Dangereux, les bons morceaux à cause desquels la chair est mangée par les vers et l'âme perdue !

Je veux commencer une salutation à la douce Dame, pour qu'elle nous garde de tout blâme, car en un lieu digne et précieux chacun doit mettre sans protester son cœur et sa pensée.

Ave, reine couronnée ! Heureuse ta naissance, à toi qui portas Dieu !

Textes et images

4 *Pierrot, qui a mis tout son talent à écrire en vers l'histoire de Renart et Ysengrin son compère, a laissé de côté le meilleur de son sujet en omettant les plaidoiries et le jugement qui se déroulèrent à la cour de Noble le lion. Il concerne le viol qu'aurait fait subir Renart, l'instigateur*
5 *de tous les mauvais tours, à dame Hersent la louve.*

L'hiver était passé ; la rose s'épanouissait et l'aubépine fleurissait, et l'Ascension[1] était proche, quand sire Noble le lion fit venir dans son palais toutes les bêtes pour tenir cour plénière[2]. Nul ne fut assez hardi pour s'abstenir en aucun cas d'y venir au plus vite, hor-
10 mis le seul dom[3] Renart, le voleur rusé, le trompeur, que les autres accusent devant le roi en dénonçant son orgueil insensé. Ysengrin, qui ne l'aime pas, se plaint devant tous et dit au roi : « Beau gentil[4] sire, faites justice de la conduite qu'il eut envers mon épouse, dame Hersent, et des outrages qu'il fit à mes louveteaux : j'en ai toujours
15 autant de chagrin. Renart fut assigné[5] pour jurer qu'il était innocent ; mais, quand les reliques[6] furent apportées, il se retira vite en arrière – je ne sais sur quel conseil – et se replia dans sa tanière, ce dont j'eus un grand courroux. » Le roi lui répond en présence de tous : « Ysengrin, laissez cela. Vous n'avez rien à gagner à rappeler
20 votre honte. Jamais pour un si petit dommage je ne vis montrer tant de chagrin ni de fureur. Certes, ces choses-là sont telles qu'il vaut mieux n'en point parler. » Brun l'ours dit : « Beau gentil sire, il y a peut-être mieux à dire. Ysengrin n'est ni mort ni prisonnier, et, si Renart lui manque de respect, il peut en tirer vengeance. Ysengrin
25 est si puissant que, si son voisin Renart n'observait point la paix qui fut récemment jurée, il serait de taille à lui résister. Mais vous êtes

---

1. **Ascension** : fête religieuse qui célèbre l'élévation miraculeuse de Jésus au ciel, quarante jours après Pâques.
2. **Cour plénière** : réunion de tous les vassaux du roi à sa cour sur sa demande.
3. **Dom** : équivalent de « seigneur ».
4. **Gentil** : noble, bien né, au Moyen Âge.
5. **Assigné** : appelé à comparaître devant un juge.
6. **Reliques** : restes d'un saint, ou objet lui ayant appartenu.

Pour approfondir

Textes et images

prince de la terre : mettez fin à cette guerre, et faites régner la paix entre vos barons[1], nous haïrons qui vous haïrez et nous vous resterons fidèles.

5 SCÈNE 1 – DANS LA RUE
LE PREMIER COQUIN *commence.* Ouiche !
LE SECOND COQUIN. Qu'as-tu ?
LE PREMIER. Si froid que je tremble ; et je n'ai chemise ni tricot.
LE SECOND. Saint Jean ! nous faisons bien la paire ensemble. Ouiche ! [...]
LE PREMIER. Pauvres mendiants, comme il me semble, nous avons pour ce jour bien trimé. Ouiche ! [...] Je meurs d'une faim de loup et n'ai pour monnaie pas un sou.
LE SECOND. Ne saurions-nous trouver moyen d'avoir quelque chose à manger ?
LE PREMIER. Nous devons aller, pour abréger, de porte en porte quémander.
LE SECOND. Oui, mais partagerons-nous tous deux ?
LE PREMIER. Bien sûr, si tu le veux. Viande, pain, beurre et œufs, chacun en aura la moitié. Es-tu d'accord ?
LE SECOND. Oui, compagnon. Il ne reste qu'à commencer.

SCÈNE 2 – CHEZ LE PÂTISSIER
LE PÂTISSIER. Marion !
LA FEMME. Que voulez-vous, Gautier ?
LE PÂTISSIER. Je m'en vais déjeuner en ville. Je vous laisse un pâté d'anguille que je veux que vous m'envoyiez, si je vous le fais demander.
LA FEMME. Soyez assuré que cela vous sera fait. [...]
LE PÂTISSIER. Ne le faites porter à personne s'il n'a un signe convenu.
LA FEMME. J'aurais chagrin de vous déplaire. Aussi envoyez un messager sûr, ou bien je ne donnerai rien.

---

1. **Barons** : seigneurs de l'entourage du roi.

Textes et images

LE PÂTISSIER. Très bien ! Pour preuve, comme il se doit, il devra vous prendre par le doigt. M'avez-vous compris ?
LA FEMME. Oui.

SCÈNE 6 – DANS LA RUE
LE PREMIER COQUIN. J'ai avec plaisir entendu ce mot ; je l'ai compris parfaitement.

7

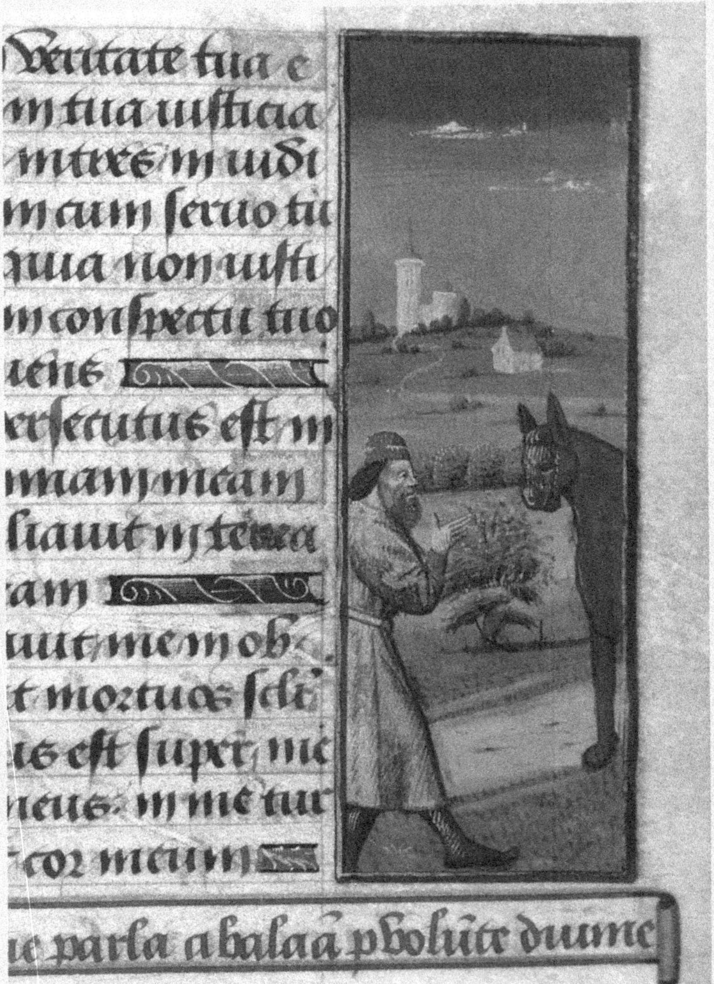

Textes et images

✣ Étude des textes

Savoir lire

1. En quoi ces textes sont-ils réalistes ? Sur quels éléments de la réalité s'appuient-ils ?
2. Comment les personnages mettent-ils en place les conditions de l'histoire ? Quel événement extraordinaire racontent-ils ?
3. Montrez que la réflexion est plus profonde et plus personnelle dans le texte de Rutebeuf. Quelle leçon l'auteur veut-il donner ? Comment élargit-il ses conseils à partir de son cas personnel ?

Savoir faire

4. À propos du document **4**, imaginez la réponse de Noble le lion. Tentez aussi de donner la réponse de Renart : quels arguments pourrait-il employer ? Pensez que le personnage est à la fois un animal et une représentation de l'humanité.
5. Pour chacun des textes, imaginez une petite mise en scène : quel en serait le décor ? et les costumes des acteurs ? et leurs gestes ? Justifiez vos choix.
6. Imaginez aussi une mise en scène qui tiendrait compte de la situation contemporaine et de l'époque dans laquelle vous vivez : que pourriez-vous garder des arguments contenus dans les textes et que pourriez-vous ajouter ?

✣ Étude des images

Savoir analyser

1. Décrivez précisément les gestes de chacun des personnages représentés dans les documents **6** et **7**. Que signifient-ils ? Sont-ils exagérés ou strictement réalistes ?
2. Comment se présente le décor dans chacun des documents ? Décrivez-le de manière détaillée. Comment expliquer que le document **6** soit plus précis ?
3. De quels fabliaux ou de quels moments exacts des fabliaux pourrait-on rapprocher de telles scènes ?
4. Dans le document **6**, définissez précisément le rôle de chacun des personnages représentés. Qu'apprend-on sur leur vie et leurs métiers ?

Pour approfondir

Textes et images

Savoir faire

5. À quel type de public paraissent s'adresser les textes **1**, **2** et **5** ? Imaginez les différentes réactions qu'il pourrait avoir lorsqu'il regarde ces scènes : quels sont les sentiments que ces réactions devraient exprimer ?
6. Imaginer une autre couverture pour les éditions des fabliaux : quels éléments graphiques aimeriez-vous privilégier et pourquoi ?

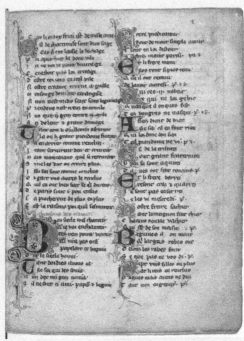

Lettres ornées – Rutebeuf.

Textes et images

✥ Clercs et jongleurs

Le processus de création littéraire, au Moyen Âge, plus qu'aujourd'hui peut-être, fait intervenir différents types de participants. Les jongleurs, accompagnés ou non de musiciens, sont chargés de lire ou d'exécuter les textes devant un public souvent illettré ; en quelque sorte, ils s'approprient alors le texte à travers leur performance. Mais ceux que nous considérons aujourd'hui comme les vrais auteurs sont des clercs, qui signent quelquefois au début ou à la fin de leurs créations littéraires.

Documents :

❶ Marguerite de Navarre, *L'Heptaméron*, « Quiproquo », nouvelle 34. Classiques Garnier, 1991, p. 250-251.

❷ Molière, *Le Médecin malgré lui*, extrait de l'acte I, scène 4.

❸ Charles Perrault, *Contes*, « Le Chat botté », conclusion et moralités.

❹ Jean de La Fontaine, *Nouveaux Contes*, « Messire Jean », 1674.

❺ Honoré de Balzac, *Contres drolatiques*, Les Trois Clercqs de sainct-Nicholas, prologue.

❻ *Heures du nord de la France*, « Acteurs et musiciens », miniature, 1250.

❼ Gratien, *Decretum*, « Clerc jugé par son évêque », miniature. Bibliothèque municipale de Dijon, ms. 0341, f° 161, initiale C enluminée ; Institut de recherche et d'histoire des textes – CNRS.

Pour approfondir

❶ Il y a un village entre Niort et Fors nommé Grip, qui appartient au seigneur de Fors. Un jour, il advint que deux Cordeliers, venant de Niort, arrivèrent bien tard en ce lieu de Grip et logèrent dans la maison d'un boucher. Et, parce que, entre leur chambre et celle de l'hôte, il n'y avait que des planches bien mal jointées, il leur prit

Textes et images

envie d'écouter ce que le mari disait à sa femme alors qu'ils étaient au lit ; et ils vinrent mettre leurs oreilles exactement au chevet du lit du mari, lequel, ne craignant pas ses invités, parlait à sa femme en privé des affaires du ménage, en lui disant : « Mon amie, demain il faut me lever matin pour aller voir nos Cordeliers, car il y en a un bien gras, qu'il nous faut tuer ; nous le salerons immédiatement et en ferons bien notre profit. » Et bien qu'il parlât de ses pourceaux, qu'il appelait *cordeliers*, les deux pauvres frères, qui entendaient ce projet, se tinrent pour tout assurés que c'était pour eux et ils attendaient l'aube du jour dans une grande peur et une grande crainte. L'un d'eux était fort gras et l'autre plutôt maigre. Le gras voulait se confesser à son compagnon, en disant qu'un boucher, ayant perdu l'amour et la crainte de Dieu, ne ferait pas plus de cas de l'assommer, qu'un bœuf ou une autre bête. Et, vu qu'ils étaient enfermés dans leur chambre, d'où ils ne pouvaient sortir sans passer par celle de l'hôte, ils devaient être assurés de leur mort, et recommander leurs âmes à Dieu.

❷ **Martine.** Oui, il faut que je me venge, à quelque prix que ce soit : ces coups de bâton me reviennent au cœur, je ne les saurais digérer ; et... (*Elle dit tout ceci en rêvant, de sorte que, ne prenant pas garde à ces deux hommes, elle les heurte en se retournant, et leur dit :*) Ah ! Messieurs, je vous demande pardon ; je ne vous voyais pas, et cherchais dans ma tête quelque chose qui m'embarrasse.

Valère. Chacun a ses soins dans le monde, et nous cherchons aussi ce que nous voudrions bien trouver.

Martine. Serait-ce quelque chose où je vous puisse aider ?

Valère. Cela se pourrait faire ; et nous tâchons de rencontrer quelque habile homme, quelque médecin particulier qui pût donner quelque soulagement à la fille de notre maître, attaquée d'une maladie qui lui a ôté tout d'un coup l'usage de la langue. Plusieurs médecins ont déjà épuisé toute leur science après elle ; mais on trouve parfois des gens avec des secrets admirables, de certains remèdes particuliers, qui font le plus souvent ce que les autres n'ont su faire ; et c'est là ce que nous cherchons.

Martine. (*Elle dit ces premières lignes bas.*) Ah ! que le Ciel m'inspire une admirable invention pour me venger de mon pendard ! (*Haut.*) Vous ne pouviez jamais vous mieux adresser pour rencontrer ce que vous cherchez ; et nous avons ici un homme, le plus merveilleux homme du monde pour les maladies désespérées.
[...] C'est un homme extraordinaire [...] fantasque, bizarre, quinteux, et que vous ne prendriez jamais pour ce qu'il est. Il va vêtu d'une façon extravagante, affecte quelquefois de paraître ignorant, tient sa science renfermée, et ne fuit rien tant tous les jours que d'exercer les merveilleux talents qu'il a eus du Ciel pour la médecine.
Valère. C'est une chose admirable que tous les grands hommes ont toujours du caprice, quelque petit grain de folie mêlé à leur science.
Martine. La folie de celui-ci est plus grande qu'on ne peut croire, car elle va parfois jusqu'à vouloir être battu pour demeurer d'accord de sa capacité ; et je vous donne avis que vous n'en viendrez point à bout, qu'il n'avouera jamais qu'il est médecin, s'il se le met en fantaisie, que vous ne preniez chacun un bâton, et ne le réduisiez, à force de coups, à vous confesser à la fin ce qu'il vous cachera d'abord. C'est ainsi que nous en usons quand nous avons besoin de lui.
Valère. Voilà une étrange folie !

❸ Le roi, charmé des bonnes qualités de monsieur le marquis de Carabas, de même que sa fille, qui en était folle, et voyant les grands biens qu'il possédait, lui dit, après avoir bu cinq ou six coupes :
« Il ne tiendra qu'à vous, monsieur le marquis, que vous ne soyez mon gendre. »
Le marquis, faisant de grandes révérences, accepta l'honneur que lui faisait le roi, et, dès le même jour, il épousa la princesse. Le Chat devint le grand seigneur, et ne courut plus après les souris que pour se divertir.

MORALITÉ
Quelque grand que soit l'avantage
De jouir d'un riche héritage
Venant à nous de père en fils,

Textes et images

Aux jeunes gens, pour l'ordinaire,
L'industrie et le savoir-faire
Valent mieux que des biens acquis.

AUTRE MORALITÉ
Si le fils d'un meunier, avec tant de vitesse,
Gagne le cœur d'une princesse,
Et s'en fait regarder avec des yeux mourants ;
C'est que l'habit, la mine et la jeunesse,
Pour inspirer de la tendresse,
N'en sont pas des moyens toujours indifférents.

4 Parmi les gens de lui [= de messire Jean, le curé] les mieux venus,

Il fréquentait chez le compère Pierre,
Bon villageois à qui pour toute terre,
Pour tout domaine, et pour tous revenus,
Dieu ne donna que ses deux bras tout nus,
Et son louchet, dont, pour toute ustensile,
Pierre faisait subsister sa famille.
Il avait femme et belle et jeune encor,
Ferme surtout : le hâle avait fait tort
À son visage, et non à sa personne.
Nous autres gens peut-être aurions voulu
Du délicat : ce rustic ne m'eût plu :
Pour des curés la pâte en était bonne,
Et convenait à semblables amours.
Messire Jean la regardait toujours
Du coin de l'œil, toujours tournait la tête
De son côté ; comme un chien qui fait fête
Aux os qu'il voit n'être par trop chétifs.
Que s'il en voit un de belle apparence,
Non décharné, plein encor de substance,
Il tient dessus ses regards attentifs ;

Il s'inquiète, il trépigne, il remue
Oreille et queue ; il a toujours la vue
Dessus cet os, et le ronge des yeux
Vingt fois devant que son palais s'en sente.
Messire Jean tout ainsi se tourmente
À cet objet pour lui délicieux.
La villageoise était fort innocente,
Et n'entendait aux façons du pasteur
Mystère aucun ; ni son regard flatteur,
Ni ses présents ne touchaient Magdeleine ;
Bouquets de thym et pots de marjolaine
Tombaient à terre : avoir cent menus soins,
C'était parler bas-breton tout au moins.
Il s'avisa d'un plaisant stratagème.

5 L'hostel des Trois-Barbeaulx estoyt iadis à Tours l'endroict de la ville où se faisoyt la meilleure chiere, veu que l'hoste, réputé le hault bonnet des rostisseurs, alloyt cuire les repas de nopces iusques à Chastellerault, Loches, Vendosme et Blois. Ce susdict homme, vieulx reistre parfaict en son mestier, n'allumoyt iamais ses lampes de iour, sçavoyt tondre sur les œufs, vendoyt poil, cuir et plume, avoyt l'œil à tout, ne se laissoyt point facilement payer en monnoye de cinge, et, pour ung denier de moins au compte, eust affronté quiconque, voire mesmes ung prince. Au demourant, bon gausseur, beuvant et riant avecques les grans avalleurs, tousiours le bonnet en main devant les gens munis d'indulgences plénières au titre du *Sit nomen Domini benedictum*, les poulsant en despense et leur prouvant, au besoing par de bons dires, que les vins estoyent chiers ; que, quoy que on fist, rien ne se donnant en Touraine, force estoyt d'y tout achepter ; partant d'y tout payer. Brief, s'il l'eust pu sans honte, auroyt compté : tant pour le bon aër, et tant pour la veue du pays. Aussy feit-il une bonne maison avecques l'argent d'aultruy, devint-il rond comme ung quartaud, bardé de lard, et l'appella-t-on *Monsieur*. Lors de la darrenière foyre, trois quidams, lesquels estoyent des apprentifs en

Textes et images

chicguane, dans qui se trouvoyt plus d'estoffe à faire des larrons que des saincts, et sçavoyent bien desia iusques où possible estoyt d'aller sans se prendre en la chorde des haultes œuvres, eurent intention de soy divertir et vivre, en condamnant auelques merchans forains ou aultres en tous les dépens. Doncques, ces escholiers du diable faulsèrent compaignie à leurs procureurs, chez lesquels ils estudioyent le grimoire m la ville d'Angiers, et vindrent de prime abord se logier en l'hostel des Trois-Barbeaulx, où ils voulurent les chambres du légat, mirent tout sens dessus dessoubz, feirent les desgoutez, retindrent les lamproyes au marché, s'annoncèrent en gens de hault négoce, qui ne traisnoyent point de marchandises avecques eulx, et voyageoyent seuls de leur personne. L'hoste de trotter, de remuer les broches, de tirer du meilleur, et d'apprester ung vray disner d'advocats à ces trois congne-festu, lesquels avoyent ià despensé du tapaige pour cent escuz, et qui, bien pressurez, n'auroyent pas tant seulement rendu douze sols tournoys que l'ung d'eulx faisoyt frétiller en sa bougette. Mais, s'ils estoyent desnuez d'argent, point ne manquoyent d'engin, et tous trois s'entendirent à iouer leur roole comme larrons en foyre.

Textes et images

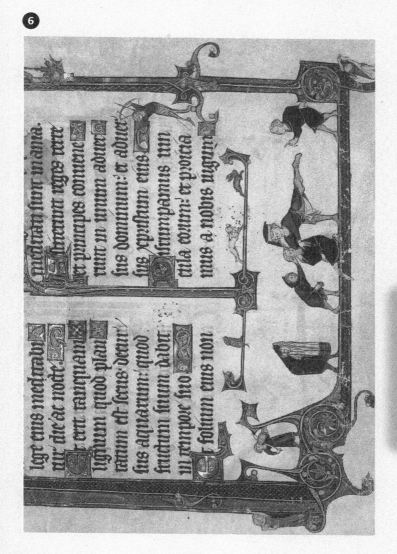

Pour approfondir

Textes et images

Textes et images

✥ Étude des textes

Savoir lire

1. Résumez le sujet de chacun de ces textes en une phrase courte. Quels éléments se mettent en place au début ou à la fin du récit ? Repérez les indices qui relèvent de la situation initiale ou de la situation finale.
2. Ces textes cherchent aussi à faire rire le public ou à faire sourire le lecteur, mais leurs moyens sont différents. Quels types de comiques sont mis en œuvre pour chacun d'eux ?
3. Qu'est-ce qui différencie le texte de Molière des autres ? Analysez la présence du narrateur. Qu'est-ce qu'une didascalie ? Pour répondre, consultez un dictionnaire ou le petit glossaire.

Savoir faire

4. Le texte de Marguerite de Navarre (document **1**) n'est pas une pièce de théâtre mais une nouvelle. Récrivez la scène pour qu'elle puisse être entièrement jouée par des acteurs.
5. Comme dans la conclusion du « Chat botté » (document **3**), des indications morales apparaissent dans les textes. Elles signalent souvent les intentions de l'auteur. Repérez ces interventions et justifiez-les.
6. Seul le début du texte de Marguerite de Navarre est cité ici. Imaginez la suite : comment les personnages vont-ils se tirer sans trop de dommages de cette aventure destinée à faire rire les lecteurs.

✥ Étude des images

Savoir analyser

1. Décrivez précisément les personnages du document **6** : leur physique, leurs vêtements, leurs attitudes et leurs gestes.
2. Dans le document **7**, décrivez les éléments de décor et de dramaturgie (le costume des personnages, leurs gestes, leurs regards, leurs situations respectives...). Proposez une interprétation pour les gestes des personnages : l'évêque qui condamne (à gauche) et le clerc condamné (à droite). Quels pourraient être les sentiments de ces personnages ?

Pour approfondir

Textes et images

3. À quelle scène de quel fabliau le document **7** pourrait-il s'appliquer ? Justifiez votre réponse.

Savoir faire

4. Qu'est-ce qu'une miniature ? Cherchez le mot dans une encyclopédie et trouvez les caractéristiques de ce type d'image : taille, couleurs, thèmes, emplacements sur la page du manuscrit…
5. La miniature du document **7** s'inscrit dans une initiale C (pour le mot *causa*). Prenez une autre lettre et, en adaptant votre dessin pour tenir compte de la place qu'elle laisse dans son « ventre », illustrez une autre scène d'un des fabliaux.
6. Honoré de Balzac écrit au XIXe siècle : il imite le style des fabliaux médiévaux pour donner une teinte étrange à son texte. Récrivez le texte en modernisant l'orthographe et la structure des phrases.

Guilhem de Montanhagol, troubadour toulousain.
Miniature du XIIIe siècle.

Langue et langages

Exercice 1 : texte 4 p. 129, *Roman de Renart*

1. Donnez un **synonyme** du nom « courroux » (l. 18). Trouvez-en aussi un dans le texte.

2. Donnez un **antonyme** de ce nom.

3. Trouvez des **homonymes** de « vers » (l. 1), que vous utiliserez dans des phrases qui mettront en valeur leurs différents sens.

4. Même question avec « s'abstenir » (l. 9).

5. Trouvez des mots qui sont construits sur la **racine** « bêtes » (l. 7), avec différents préfixes et suffixes.

6. Même exercice avec le mot « jugement » (l. 3) après en avoir trouvé la **racine**.

7. Relevez le **champ lexical** du monde judiciaire.

8. Relevez les mots « **en** » du texte et donnez-en la **classe grammaticale**.

9. Relevez les verbes à l'**imparfait** dans le texte. Quelles sont les différentes **valeurs** de l'imparfait ici ?

10. Relevez les verbes du dernier paragraphe. Quelle est la **valeur** des différents temps ?

11. Relevez les verbes du texte qui se trouvent à l'**infinitif**.

12. Observez les temps verbaux dans les répliques entre guillemets et les parties du récit dévolues au narrateur. Comment fonctionne l'**opposition de temps** pour le récit d'événements passés ?

13. **Réécriture :** en tenant compte des conclusions de la question précédente, récrivez le premier paragraphe du texte en faisant parler l'auteur à la première personne : « Moi Pierrot,

Pour approfondir

Langue et langages

j'ai mis mon intelligence... » Attention aux transformations des pronoms personnels et des possessifs. La présence de l'auteur n'est-elle perceptible qu'à cet endroit du texte ?

14. **Écriture :** imaginez un dialogue contradictoire entre deux collégiens : l'un a beaucoup aimé la lecture des fabliaux, l'autre non. Quels seraient leurs arguments ? Aidez-vous de la rubrique « Pour ou contre les fabliaux ? » / « Pour ou contre les personnages de fabliaux ? ». Rédigez un texte en respectant les formes du dialogue (guillemets, tirets pour le changement d'interlocuteur...).

Petite méthode

- Dans toutes les langues, le mot est l'unité minimale dans le système lexical. Le **morphème lexical** est la racine du mot : cette racine a un sens et elle peut généralement fonctionner de manière isolée (ex. : *point*).

- Pour former de nouveaux mots, des **affixes** peuvent s'ajouter à ce morphème, par **dérivation**. On parle de **préfixe**, pour un ajout devant la racine (ex. : *ad-* + *point* > *appoint*), et de **suffixe**, pour un ajout derrière la racine (ex. : *point* + *-er* > *pointer*). Le suffixe peut changer la nature grammaticale du terme : il existe des suffixes verbaux (ex. : *pointer*), des suffixes de noms (ex. : *pointage*), des suffixes adjectivaux (ex. : *pointé*)...

- On peut aussi construire des mots par **composition** (ex. : *rond-point*).

Pour approfondir

Langue et langages

Exercice 2 : texte 2 p. 136, *Le Médecin malgré lui*, Molière

Pour approfondir

1. Dans ce texte de théâtre, où se trouvent les traces du **narrateur** ? À qui s'adresse-t-il ? Et les personnages qui s'expriment, à qui s'adressent-ils ?

2. Comment est **composé** le mot « Messieurs » (l. 5) ? Quel en est le singulier ? Trouvez encore deux mots en français composés de la même façon, avec un **pluriel interne** qui se fait entendre par une liaison.

3. Quel est le **sens** de « pendard » (l. 19) ? Quel rapport y a-t-il avec les mots de la famille de « pendre » ?

4. Les mots « fantasque » et « bizarre » (l. 23) sont **synonymes**. Trouvez des synonymes pour les deux autres adjectifs qui qualifient Sganarelle : « extraordinaire » et « quinteux ». Relevez, dans la bouche de Martine, puis dans celle de Valère, les autres **adjectifs** qui font le portrait de ce personnage.

5. À qui renvoie le **pronom** « nous » (l. 17 ou l. 36) ? Quelles sont les autres valeurs de « nous » dans le texte ? Relevez ces pronoms et identifiez-les.

6. Analysez précisément les **pronoms** contenus dans la première réplique (y compris la didascalie) : nature exacte, fonction grammaticale, antécédent.

7. Remplacez les **pronoms de 3ᵉ personne** par leurs antécédents. Pourquoi ne peut-on remplacer de la même façon les pronoms de 1ʳᵉ et de 2ᵉ personne ?

8. Quel est le **temps** et le **mode** du verbe « pût » (l. 11) ? Par quelle forme verbale ce verbe est-il remplacé aujourd'hui, dans la conversation courante ?

Langue et langages

9. Quelle valeur ont les différents **présents** dans la dernière réplique de Martine ? Pourquoi le dernier « usons » (l. 36) n'a-t-il pas la même valeur que dans ce qui précède ?

10. Où est le **verbe** dans la dernière réplique ? Comment appelle-t-on ce genre de phrase ?

11. **Réécriture :** récrivez et résumez le passage avec un narrateur qui emploie les temps du passé et dont le récit ne laisse pas de place au dialogue.

12. **Écriture :** Valère et son compagnon sont partis chercher Sganarelle. Développez un petit dialogue où les deux personnages se félicitent d'être tombés sur Martine. Développez aussi un petit monologue où Martine exprime sa satisfaction de voir que son stratagème a bien fonctionné.

Petite méthode

- Dans un texte de théâtre, les répliques du dialogue s'enchaînent directement (sans l'intervention d'un narrateur) : le changement de réplique est simplement indiqué par le nom du personnage et un passage à la ligne.

- Si l'un des personnages raconte un **événement passé** qui ne le concerne pas, il emploie le **pronom « il(s) »** et use du **passé simple et de l'imparfait** (situation dans un ailleurs autrefois). Sinon, les paroles des interlocuteurs se situent dans le **système des temps du présent**, c'est-à-dire le présent, le passé composé, l'imparfait ou le futur ; les pronoms sont ceux des **premières et deuxième personnes** ; les **adverbes** de lieu et de temps sont toujours situés par rapport à « ici » ou « aujourd'hui ».

Pour approfondir

Langue et langages

Exercice 3 : texte 3 p. 137, « Le Chat botté », Charles Perrault

Pour approfondir

1. Délimitez, dans le texte, la partie du **récit** et la partie où le narrateur donne son **avis**. Dans la partie récit, les réflexions humoristiques montrent aussi le jugement de l'auteur : où sont ces réflexions ? En quoi sont-elles écrites sur un ton plus familier que le reste ?

2. Par quel **synonyme** remplaceriez-vous « folle » (l. 2) ? Donnez aussi un synonyme de « mine » (l. 21).

3. Quelle est la nature des mots « **en** » présents dans le texte ? Faites-en la liste et, pour chacun d'eux, remplacez-le par son antécédent.

4. Les deux moralités sont rimées. Quels sont les **schémas de rimes** utilisés par l'auteur pour cette partie du texte ?

5. Comment doit-on **prononcer** le mot « fils » (l. 13) ? Pour répondre, tenez compte de la rime.

6. Relevez les verbes aux **participes présents et passés** du texte. Pour chacun d'eux, déterminez qui fait l'action.

7. Pourquoi les deux moralités sont-elles au présent ? Quelle est la **valeur de ce temps** dans ce type de phrase ?

8. « qui en était folle » (l. 2) ; « qu'il possédait » (l. 3) ; « que lui faisait le roi » (l. 6-7). Donnez la nature exacte de ces **propositions subordonnées**. Analysez aussi les mots par lesquels elles commencent (nature, fonction, antécédent).

9. **Écriture :** cherchez, dans un livre des *Contes* de Charles Perrault, le début du « Chat botté » et faites-en un résumé en moins de quinze lignes.

Langue et langages

10. **Écriture :** racontez et décrivez le repas des noces du marquis et de la princesse : suggérez les formes, les couleurs, les odeurs, les goûts par les mots que vous emploierez.

Petite méthode

- Une **proposition** est constituée par un verbe avec son sujet propre. La **phrase simple verbale** est en fait une **proposition indépendante**. Deux propositions indépendantes peuvent être **juxtaposées** par une virgule, ou **coordonnées** par une conjonction de coordination. Dans une **phrase complexe**, une proposition est **subordonnée** à une proposition **principale**. La subordonnée complète alors soit un groupe nominal (subordonnée **relative**, avec un pronom), soit le verbe de la proposition principale (**complétive** avec une conjonction de subordination comme « que »), soit toute la proposition principale (**circonstancielle**).

Langue et langages

Exercice 4 : texte 4 p. 138, *Nouveaux Contes*, « Messire Jean », Jean de La Fontaine

1. Combien de **syllabes** compte chaque **vers** ? Pourquoi La Fontaine a-t-il utilisé « rustic » (v. 12) sans « -ue » final ?

2. Déterminez, pour l'ensemble du texte, le **schéma de rimes**.

3. Une des **rimes** ne fonctionne que pour l'œil : trouvez-la. Pour cette rime, qu'y a-t-il de bizarre dans le premier mot ? D'autres rimes, en revanche, fonctionnent à l'oreille mais pas à l'œil : lesquelles ?

4. À quelle **expression** habituelle fait référence la **locution** « les mieux venus » (v. 1) ?

5. Le « louchet » (v. 6) est une bêche. Quels autres mots du texte appartiennent au **champ lexical** du travail paysan.

6. À qui s'adresse La Fontaine ? Qui est le « **nous** » qui apparaît (v. 11) ?

7. Une **comparaison** est longuement développée dans le texte : identifiez-la et délimitez-la.

8. Trouvez les mots par lesquels La Fontaine désigne les paysans et le curé dans son texte.

9. Dans « plein… de substance » (v. 20), quelle est la fonction de « substance » ?

10. Pourquoi l'adjectif « **fort** » (v. 28) n'est-il pas accordé au féminin ? Par quel mot, comportant la même **racine**, pourriez-vous le remplacer ?

11. Relevez les mots « **tout** » du texte (masculin et féminin, singulier et pluriel). Donnez-en chaque fois la **nature** et la **fonction**, et justifiez l'**accord**.

Langue et langages

12. « Ce rustic ne m'eût plu » (v. 12). Quelle est la valeur de la négation « **ne** » ? Quels autres types de négation sont employés dans le texte ?

13. Par quel temps pourriez-vous remplacer la **forme verbale** « eût » (v. 12) ?

14. **Réécriture :** récrivez le portrait du paysan (v. 3-7) en le faisant parler de lui-même : « Je suis... ». Récrivez aussi les vers 28 à 35 en faisant parler le curé : « La villageoise est fort innocente... ».

15. **Écriture :** en tenant compte de ce que vous savez sur les fabliaux, décrivez le « plaisant stratagème » (v. 35) que le curé Jean pourrait avoir inventé.

Petite méthode

Le mot « tout » est un **indéfini**, dont la **nature** et l'**accord** varient en fonction de ses emplois :

- Comme **déterminant**, il s'accorde en genre et nombre : « tout homme est respectable » / « tous les hommes sont respectables » / « toute femme est respectable » / « toutes les femmes sont respectables ».

- Comme **pronom**, il est aussi variable en genre et en nombre : « tous et toutes sont respectables ».

- Dans ses **emplois adverbiaux**, contrairement aux autres adverbes, « tout » n'est pas toujours invariable : « deux bras tout nus » (v. 5, invariable) mais, au féminin, l'accord se fait si le mot qui suit commence par une consonne. Exemple : « toute menue » (accord) mais « tout entière » (pas d'accord).

Pour approfondir

Outils de lecture

Action : les événements qui font avancer l'histoire.

Auteur : celui qui écrit le récit ; il choisit ses personnages et un type de narrateur pour raconter l'histoire.

Caricature : portrait qui exagère certains défauts ou certains traits de caractère pour se moquer.

Champ lexical : ensemble des mots qui concernent un même thème.

Comique : les moyens utilisés par l'auteur pour faire rire le spectateur. On distingue le comique de situation, de paroles, de gestes, de caractère.

Dénouement : ou situation finale ; fin du récit, dans laquelle les différents problèmes posés trouvent une solution.

Description : présentation d'objets ou de paysages par le narrateur ; très brèves dans les fabliaux.

Dialecte : langue propre à un territoire. Au Moyen Âge, le français n'était que le dialecte, parlé en Île-de-France, comme ailleurs l'anglo-normand, le limousin ou le picard.

Dialogue : paroles qu'échangent les personnages.

Didascalie : dans une pièce de théâtre, indications destinées au metteur en scène ou aux acteurs.

Ironie : façon subtile de se moquer en insinuant le contraire de ce que l'on dit.

Moralité : courte phrase qui, souvent à la fin du récit, vient en résumer les intentions morales pour le lecteur.

Narrateur : l'instance qui fait le récit ; ce narrateur peut être l'un des personnages, décrivant de l'intérieur ce qui se passe.

Parodie : exercice littéraire par lequel un auteur se moque d'un genre en l'imitant.

Péripéties : rebondissements ou détours inattendus de l'action, qui retardent le dénouement.

Personnages types : personnages qui présentent des traits de caractère bien précis, et qu'on retrouve régulièrement dans les pièces de théâtre.

Portrait : présentation du personnage selon son caractère ou ses traits physiques.

Outils de lecture

Protagonistes : personnages dont l'action compte dans le récit.

Quiproquo : malentendu entre deux personnages qui comprennent de manière différente un même mot ou un même geste, qui prennent quelqu'un pour ce qu'il n'est pas.

Réalisme : doctrine littéraire selon laquelle l'auteur propose dans son œuvre une représentation vraisemblable, proche de la réalité.

Réplique : phrases qu'un personnage prononce avant que l'autre ne reprenne la parole. Le dialogue est formé de répliques successives.

Satire : texte qui critique un trait de caractère ou un groupe social.

Situation initiale : au début du texte, elle présente les principaux personnages et la situation de départ.

Verbal : adjectif synonyme de « oral ». Il s'applique aussi à tout ce qui concerne les mots.

Bibliographie et filmographie

Pour compléter avantageusement cette bibliographie, on consultera l'édition de Jean Dufournet (GF-Flammarion), l'ouvrage de Danièle Alexandre-Bidon et de Marie-Thérèse Lorcin (Picard) ainsi que l'article « Fabliaux » de Dominique Boutet, dans l'*Encyclopædia Universalis*.

Sur la vie, la culture et la création littéraire aux XIIe et XIIIe siècles

Dictionnaire encyclopédique du Moyen Âge (dir. André Vauchez), Cambridge / Paris / Rome, James Clarke & Co. LTD / Cerf / Città nuova, 1997.
▶ Les articles de ce dictionnaire permettent de faire connaissance avec les principaux traits de civilisation du Moyen Âge.

Dictionnaire des lettres françaises. Le Moyen Âge, Paris, Fayard / La Pochothèque, 1992.
▶ Ce dictionnaire donne des notices biographiques, des analyses critiques et des études de synthèse sur toute la production littéraire médiévale. Les articles sont complétés par des bibliographies.

Sur les fabliaux et leur contexte historique

Le Quotidien au temps des fabliaux, de Danièle Alexandre-Bidon et Marie-Thérèse Lorcin, Paris, Picard, 2003.
▶ Les deux auteurs proposent une lecture historique et archéologique des fabliaux, qui permet de situer les textes dans leur contexte matériel.

Les Fabliaux. Études de littérature populaire et d'histoire littéraire du Moyen Âge, de Joseph Bédier, Paris, Bouillon, 1895 (coll. Bibliothèque de l'École des Hautes Études 98).
▶ Quelque peu vieilli et critiqué, cet ouvrage reste souvent cité comme un pionnier : l'auteur y établissait un lien entre public populaire et fabliaux.

Les Fabliaux, étude d'histoire littéraire et de stylistique médiévale, de Peter Nykrog, Copenhague, 1957 (et Genève, 1973).
▶ Ce livre propose une analyse des thèmes abordés par les fabliaux, pour en déterminer le public et préciser l'identité des auteurs.

Bibliographie et filmographie

« **Les fabliaux : genre, style, publics** », *in* Université de Strasbourg, *La Littérature narrative d'imagination : des genres littéraires aux techniques d'expression,* de Jean Rychner, Paris, PUF, 1961, p. 41-52.
> ▶ Comme son titre l'indique, il s'agit d'une définition des fabliaux par une étude générique et stylistique. L'article s'intéresse aussi à la réception de ces textes.

Les éditions des *Fabliaux*

Fabliaux du Moyen Âge (Jean Dufournet éd.), Paris, GF-Flammarion, 1998.
> ▶ On lira dans ce volume une anthologie de fabliaux, dans une édition bilingue, avec une introduction générale et des notices brèves.

Recueil général et complet des fabliaux des XIIIe et XIVe siècles imprimés ou inédits, 6 vol. (Anatole de Montaiglon et Gaston Raynaud éd.), Paris, Librairie des bibliophiles, 1872-1890.
> ▶ Ces volumes, disponibles sur le site de la BnF, présentent de très nombreux fabliaux. C'est cette édition qui a été la base des traductions du présent ouvrage.

Fabliaux (Rosanna Brusegan éd.), Paris, 10/18, 1994.
> ▶ Il s'agit là d'une anthologie bilingue des fabliaux les plus célèbres, avec une introduction intéressante, qui définit le genre et propose une analyse rapide de chacun des textes édités.

Prolongements

Les fabliaux ont souvent été repris et imités. On peut citer :

Le Décaméron, de Boccace, Paris, Le Livre de Poche, 1994.
> ▶ Il s'agit là de la traduction d'un recueil de contes, dont quelques-uns sont de claires imitations de fabliaux.

Le Médecin malgré lui, de Molière, Paris, Larousse, 2007.
> ▶ C'est la reprise la plus célèbre, au théâtre, du fabliau anonyme *Le Paysan devenu médecin* (ou *Le Vilain mire* en ancien français).

Crédits photographiques

Couverture	**Dessin Alain Boyer**
7	Ph. © Bibliothèque royale Albert Ier, Bruxelles
11	Ph. © Bibliothèque Ste Geneviève, Paris
18	Bibliothèque nationale de France, Paris – Ph. Coll. Archives Larbor
131	Bibliothèque du musée de Condé, Chantilly – Ph. Coll. Archives Larousse
132	Cliché CNRS-IRHT © Bibliothèque municipale de Besançon, MS 148, f. 122
134	Bibliothèque nationale de France, Paris – Ph. Coll. Archives Larbor
141	Bibliothèque nationale de France, Paris – Ph. Coll. Archives Larbor
142	Cliché CNRS-IRHT © Coll. Bibliothèque municipale de Dijon, MS 0341, f. 161
145	Bibliothèque nationale de France, Paris – Ph. Coll. Archives Larbor

Direction de la collection : Carine GIRAC-MARINIER

Direction éditoriale : Jacques FLORENT

Édition : Marie-Hélène CHRISTENSEN

Lecture-correction : service lecture-correction LAROUSSE

Recherche iconographique : Valérie PERRIN, Agnès CALVO

Direction artistique : Uli MEINDL

Couverture et maquette intérieure : Serge CORTESI, Sophie RIVOIRE, Uli MEINDL

Responsable de fabrication : Marlène DELBEKEN

Photocomposition : CGI
Impression : Rotolito S.p.a (Italie)
Dépôt légal : Juillet 2009 – 311696/02
N° Projet : 11040039 – Octobre 2018